Narratori Feltrinelli

Matteo Righetto
Il sentiero selvatico

Prima edizione ne "I Narratori" aprile 2024

Pubblicato in accordo con Piergiorgio Nicolazzini Literary Agency (PNLA)

Stampa Grafica Veneta S.p.A. di Trebaseleghe - PD

ISBN 978-88-07-03587-6

FSC
www.fsc.org
MISTO
Carta da fonti gestite in maniera responsabile
FSC® C021883

GRAFICA VENETA CARBON NEUTRAL

Questo libro è stampato da Grafica Veneta S.p.A.
con un processo di stampa e rilegatura certificato 100% carbon neutral
in accordo con PAS 2060 BSI

Il sentiero selvatico

a mia madre

Il pericolo non viene da quello che non conosciamo, ma da quello che crediamo sia vero e invece non lo è.

Mark Twain

Subtle voices in the wind
hear the truth they're telling
a world begins where the road ends
watch me leave it all behind

Eddie Vedder

Prima parte

1.

Nessuno a Larcionèi serbava memoria di tanta pioggia negli ultimi cento anni, men che meno Tina, che di anni ne aveva soltanto dieci.

I più vecchi del paese tacevano, si limitavano a scrutare il cielo di soppiatto e a farsi il segno della croce. Le poche volte in cui aprivano bocca era solo per dire che in vita loro non avevano mai visto cadere tutta quell'acqua.

Qualcuno mormorava mezze frasi sulla fine del mondo, qualcun altro si limitava ad affermare che il maltempo fosse annuncio di disgrazie imminenti, c'era poi chi si diceva convinto che fosse in ogni caso una punizione divina. Tutti però erano d'accordo su un fatto, e cioè che quel *bür temp* avesse avuto inizio subito dopo l'apparizione del *Lum de le Auróne*.

Era accaduto alla fine di settembre, quando per tre notti consecutive alcuni paesani avevano visto una luce bluastra comparire in cielo e muoversi sopra le Aurone, tra il monte Migogn e il Padón, dall'altra parte della vallata. Anche Tina l'aveva vista, e ne era rimasta incantata, come se fosse l'aurora boreale di cui tempo prima aveva parlato in classe la maestra Ulrike.

Era una palla luminosa, a volte grande e altre piccola, che poi scendeva nei boschi, avanzava, rotolava e infine sprigionava altre piccole luci viola tra gli alberi. Poi spariva. Nessuno, nemmeno i cacciatori più audaci, aveva avuto il coraggio di scendere a valle e avvicinarsi a quella luce misteriosa. La voce si era sparsa rapidamente in paese e la quarta notte a Larcionèi avevano atteso la sua ricomparsa, ma il *Lum de le Auróne* non era più apparso. Successe invece che il cielo si coprì di nuvole e da quel momento fu pioggia. Cadde per settimane e settimane bagnando tutte le festività cristiane e trasformando l'autunno del 1913 nella stagione più piovosa che a Pieve e in tutte le Vicinie di Fodóm si potesse ricordare. Piovve il giorno di san Francesco, quello di san Luca e quello dei santi Girolamo e Giuda, santi che nella tradizione *vëgn dër gonot cun la nef*, dovrebbero arrivare insieme alla neve.

Alla fine di ottobre l'umidità aveva ormai reso l'aria irrespirabile. I boschi e le foreste erano intrisi d'acqua, i torrenti a valle rigonfi, le radure e i prati più pianeggianti si erano trasformati in paludi e acquitrini. A Tina mancava giocare per ore all'aperto, star fuori con gli amici, andar per boschi. Anche gli animali della foresta e dell'alta montagna, rispondendo a un istinto primordiale, uscivano sempre meno dalle tane e dai nidi. Piovve anche il primo di novembre e così il *dì dei mòrč*, il giorno dei morti, quando alla sera donne, uomini e bambini, sebbene esausti, si prepararono per recarsi nella piccola chiesa parrocchiale di san Silvestro e assistere alla messa di commemorazione dei defunti.

Tina indossò i vestiti di *mezalana* che la mamma le aveva lasciato sul letto, mise sulle spalle lo scialle ladino nero e floreale e calzò le scarpe da festa, quelle in cuoio che il calzolaio Albino Grosse aveva fatto apposta per lei.

Come balestrucci che da ogni angolo del cielo confluiscono insieme allo stesso nido, così i fedeli uscirono dalle proprie dimore e in tutta fretta si recarono alla chiesa di Larcionèi, stretta tra le case e i fienili del minuscolo paese abbarbicato sul monte Pore, un antico vulcano sorto nel cuore delle Dolomiti.

I parrocchiani varcarono il portone recando con sé tutto il vapore del cielo. Tina aveva i capelli e le scarpe fradice, ma non temeva certamente il raffreddore, forte com'era. Non si ammalava mai, nemmeno quando d'inverno camminava scalza sulla neve.

La luce tremula sulle pareti e sulle statue votive restituiva deformati i volti dei fedeli, già scavati dalla spossatezza dei lavori che ogni contadino di alta montagna era chiamato a svolgere. In breve vennero occupati tutti i banchi e anche il matroneo, dove c'era l'organo e dove erano soliti accomodarsi i più vecchi. Dalle bocche non usciva una parola, nemmeno da quelle dei bambini, stretti accanto alle proprie madri. Negli occhi di ognuno luccicava ancora l'ostinato riflesso dell'acqua piovana mescolata a un'ombra di rassegnazione. Muta accanto alla mamma, Tina ascoltò i colpi di tosse che riverberavano da un lato all'altro dell'angusta navata, come l'eco dei tuoni. Guardò di sottecchi Gianni Soravia, il quale incrociò il suo sguardo e subito si schiarì la voce grumosa. Vide sua madre inginocchiarsi stringendo forte le palpebre e mentre pregava faceva sibilare la voce. Tra i suoi compagni di scuola scrutò Ida e Francesco, due banchi oltre il suo, che tenevano gli occhi sul pavimento sotto i loro piedi, anch'esso ormai madido. Tina si voltò lentamente e, mentre osservava la chiesa gremita, vide il sagrestano muoversi verso il portone e poi chiuderlo forte facendo sobbalzare il vecchio Manfredo Huber. C'erano tutti. Tina annusò l'odore di muffa e cera combusta di cui ogni oggetto sacro e ogni statua aveva memoria, poi percepì il sentore di abete antico emanato dai banchi consunti. I fiori posti ai piedi dell'altare facevano il resto, sprigionando nell'aria un che di sciupato e vinto che riportò alla sua mente il maltempo che fuori continuava incessante. In quei momenti ciascuno pensava ai propri morti.

Paolo Thaler e Marta, i genitori di Tina, inginocchiati, si guardarono per un attimo e nei loro occhi fiammeggiò la luce delle candele. Lui aveva ventotto anni, lei ventisei, ma erano già consumati dalla durezza che lassù la vita riservava a chiunque. Marta Siorpaes aveva lunghi capelli che teneva legati dall'alba al tramonto in una treccia che ricordava una grande spiga di segale. Era magra e ossuta, ma forte fisicamente e tenace. Tra i due grossi zigomi spiccavano gli occhi neri, grandi e velati di malinconia.

Era provata, aveva lavorato tutta l'estate al fianco del marito a fare fieno e raccogliere canapa, la coltivazione richiesta a valle per l'industria tessile e con cui i Thaler si sostentavano. Paolo aveva imparato a coltivarla ad Antermoia, in Badia, paese dal quale proveniva. Marta era originaria della Val di Fassa, ma una volta sposati si erano trasferiti a Larcionèi perché lì avevano potuto abitare una vecchia casa che era stata di alcuni parenti di Paolo. Era stato lui a convincerla: quello era il posto ideale per coltivare la canapa, sia per altitudine che per esposizione.

Paolo portò lo sguardo sulla piccola Katharina, seduta al fianco della mamma. L'avevano chiamata così in onore di Katharina Lanz, la leggendaria eroina tirolese che più di un secolo prima aveva affrontato i soldati di Napoleone armata soltanto di una forca. Tina si voltò verso il papà e gli sorrise.

"*Tati*, dici che dopo la messa dei *mòrč* smetterà finalmente di piovere?" sussurrò.

L'uomo portò l'indice alla bocca in segno di silenzio e pensò: "Non c'è figlio migliore di una figlia".

Tina era minuta, tutta pelle, ossa e fremito di nervi. Occhi curiosi e grandi come quelli di una giovane cerva, il nasino all'insù, lo sguardo profondo e capelli neri come le penne del *corf*. E proprio come i corvi, talvolta si immobilizzava improvvisamente e rimaneva ferma, fissa su un dettaglio o un suono o chissà che, rapita da cose invisibili agli altri.

Quella sera Tina sembrava più distratta del solito. Guardava ovunque, attratta da ogni piccolo dettaglio visibile tra i chiaroscuri e le ombre della chiesa, pareva fosse entrata in quel luogo per la prima volta. D'un tratto chiuse gli occhi e si concentrò sull'odore delle candele che si spandeva nell'aria. Pensò alla luce calda delle loro fiammelle e cercò di udire il leggero sfrigolio degli stoppini sulla cera, poi la sua mente fu travolta da una serie di immagini confuse, rapide cascatelle di un ruscello impossibili da fermare perfino riaprendo gli occhi. Le parve di vedere stambecchi impietriti sulla cima del Pore, fulmini dalle strane forme, scoiattoli che risalivano pecci a tutta velocità, nuvole che si abbassavano fino a sprofondare nel terreno bagnato, uomini stesi sui prati. Poi il suo naso avvertì il profumo del cumino selvatico, della resina di larice e un forte odore di bruciato, lo stesso che avvolge i boschi dopo un incendio. Riaprì gli occhi nel momento in cui cominciò il suono ripetuto della campanella della sagrestia e subito dopo il prete sbucò da una porticina laterale seguito da Francesco e Otto, i due chierichetti del paese. Il primo teneva in mano il turibolo acceso facendolo oscillare per accendere i grani di incenso e la resina di cirmolo, il secondo portava la navicella e ghirlande di rami d'abete bianco intrecciate a bacche di *melèster*, il sorbo degli uccellatori, e anche nuove candele. Tutti si alzarono in piedi per cantare il *De Profundis*, le voci forti per coprire il rumore della pioggia sopra le loro teste.

Al termine del canto un grande silenzio calò in tutta la navata, presto avvolta dalla spessa coltre di fumo sacro. La pioggia tornò a farsi sentire, sembrava un dolore, una malattia che picchiettava incessante sul tetto e sui vetri dei rosoni. Tina era stufa di tutta quell'acqua, aveva voglia di sentire i raggi caldi sulla pelle, vedere cieli blu e ascoltare suoni di vita.

"Quanto mi mancano gli animali del bosco," si disse. "E il sole."

Don Bruno si schiarì la voce, benedisse l'assemblea e fece cenno ai chierichetti di accomodarsi.

Bastarono poche parole in latino per assopire i fedeli, così lontani da quella lingua ostica e remota. Su quella litania incomprensibile Paolo Thaler pensava al magro raccolto di canapa di fine agosto e al fatto che la produzione di quell'estate non sarebbe stata sufficiente a guadagnare ciò che aveva sperato in primavera. Continuava a toccarsi i baffi. Faceva così quando era nervoso. Lunghi e folti come quelli dell'Imperatore, fulvi e ramati. Sembravano due piccole code di volpe, ragion per cui in paese lo chiamavano appunto *Olp*.

Marta non smetteva di pensare ai suoi morti, soprattutto ai nonni, che avevano passato tutta la vita a estrarre il ferro nelle miniere del Fursil, e a sua madre, che se ne era andata senza lasciare risposte.

La mente di Tina intanto era volata di nuovo agli animali selvatici: provati dalla pioggia, senza il conforto di un raggio di sole per settimane, costretti a muoversi di meno, cibarsi di meno, ammalarsi di più. Vittime di quel *bür tëmp* più delle persone, provò compassione per loro, chissà come soffrivano anche i lupi e gli orsi, tanto odiati in paese. Erano gli unici animali che non si cacciavano per mangiarli, ma perché ritenuti pericolosi per l'uomo.

Il parroco poi aggiungeva che erano figli del diavolo, e allora ucciderli era praticamente un obbligo.

Paolo invece continuava a domandarsi: "Cadrà la *nef*, in questo *ciuch* di 1913?". E pensava a quella neve che segna il passo delle stagioni imbiancando Larcionèi, Fodóm e tutte le Dolomiti, portando il suo candore e il suo carico di speranza.

Si erano tutti inginocchiati durante l'ostensione del pane e del vino. Il prete alzò il calice, poi si genuflesse e il chierichetto scampanellò forte i tintinnabula ridestando i fedeli dal torpore.

Marta toccò il proprio fazzoletto stretto in testa e si appoggiò al banco per drizzarsi più facilmente. C'era qualcosa di strano.

Si voltò di scatto: Tina non c'era più.

Guardò suo marito a sinistra, ma la bimba non era con lui, allora alzò lo sguardo per scrutare gli altri banchi, tra i bambini, ma niente. Spalancò gli occhi e fece un respiro profondo.

La piccola Tina era sparita.

2.

"Paolo!" Lo strattonò. Poi sottovoce: "Dov'è Katharina? La vedi?".

Nel silenzio della chiesa la voce di Marta fu avvertita da tutti.

Il marito le strinse forte la mano per calmarla e cercò la figlia con gli occhi.

Don Bruno intravide il movimento della donna nella penombra, tra il fumo di incenso che ammantava i fedeli. Interruppe la liturgia.

"Cosa succede?"

"Mia figlia!" rispose Marta mentre allungava il collo tra i confessionali e dietro i candelabri. "Sembra scomparsa."

"Oh, questa poi!" esclamò il prete e scese dall'altare. "Quanta agitazione, si sarà nascosta da qualche parte..."

Ida Detomas, seduta con la famiglia nel banco davanti ai Thaler, si fece il segno della croce. "Questa pioggia ci farà diventare tutti matti..." sospirò. Anche altre donne mormorarono qualcosa. Paolo chiamò: "Tina, esci, non fare scherzi!".

La sua voce rimbombò per la navata e in quell'istante le fiammelle delle candele iniziarono a tremare. Pallabazzer e Troi si guardarono intorno, convinti che si trattasse di uno scherzo. I bambini corsero di qua e di là e infine dissero che la Tina non si trovava da nessuna parte.

"Cos'è successo?" gridò Guido Dorigo, il fabbro mezzo sordo.

"Dove sei?" urlò Marta. Il prete provò anche in sagrestia. Invano.

Dal matroneo spuntarono i busti e le facce meravigliate dei vecchi assiepati, mezzo addormentati. Uno a fianco all'altro sembravano un bosco di olmi, con la pelle rugosa e gli occhi come le tane del tasso.

Marta li fissò:

"È salita da voi? Mia figlia Katharina è sul matroneo?".

I vecchi si guardarono stupefatti, e fecero cenno di no. Marta salì comunque. Si udì provenire dal nartece un prolungato cigolio e poi un botto fortissimo. Un colpo di vento aveva fatto sbattere il pesante portone d'ingresso. Poi l'anta in abete massiccio sbatté ancora e rimbalzò più volte, rimanendo spalancata. Fuori era buio pesto, pioveva forte e tirava vento.

Albino Pellegrini, il sagrestano, si sentì raggelare il sangue nelle vene.

"Io-io il portone l'avevo chiuso... Come sempre. L'avevo chiuso," ripeteva.

Le raffiche di tramontana ulularono portando la pioggia fin dentro l'ingresso. Una folata s'infilò sibilante in chiesa e in un istante spense tutte le candele.

La coltre d'incenso si srotolò come un lenzuolo e venne infine sospinta all'esterno, rapita dalla fredda e umida corrente d'aria.

Il prete alzò le braccia e disperato esclamò:

"Interrompiamo la funzione... E preghiamo che i morti non vogliano vendicarsi!".

Il cuore di Marta cominciò a battere, pareva il becco d'un picchio nero sul tronco.

Paolo corse fuori, subito seguito dalla moglie e da altri cinque uomini.

"Tina!" gridò.

"Andiamo a cercarla!" esclamò Marta.

"Tu rimani qui, ci vado io," disse Paolo.

Senza aggiungere una parola lui e alcuni uomini si mossero a destra, i restanti a sinistra, perlustrando palmo a palmo il perimetro dell'edificio.

Vito Alfreider e Lucio Palla si avvicinarono fradici a Thaler, il primo gli disse:

"L'ha mai fatto? Si è mai allontanata da sola?".

"Solo una volta ha fatto la sonnambula e di notte l'abbiamo trovata nel ballatoio... Ma è successo un anno fa."

"Sta' calmo, Thaler, non c'è motivo di preoccuparsi, dove vuoi che sia? Sarà tornata a casa, i bambini sono fatti così..."

Mentre Paolo correva verso casa per controllare se sua figlia si fosse rifugiata lì, le donne, i bambini e i più vecchi rimasero in chiesa ad attendere; gli uomini di fuori si organizzarono in tre gruppi, uno dei quali andò sul Pian de la Lasta, verso la casa dei Pezzei, un altro verso Col di Larzonei e uno nel bosco soprastante. Perlustrarono nelle case, nei fienili, presso i *tabié* e intorno al paese, ma senza alcun risultato. Si dispersero nel buio delle montagne e della notte novembrina, mentre il campanile rintoccava le dieci.

Dentro la chiesa il prete permise ai due chierichetti di levarsi veste e cotta e poi invitò i fedeli a recitare un rosario.

Le donne si strinsero intorno a Marta, rassicurandola.

"Come ho fatto a non accorgermene?" continuava a ripetere.

"Eravamo tutti assorti, Marta... Dev'essere stato un attimo," la consolò la vecchia vedova Crepaz.

"A volte i bambini fanno cose incomprensibili, senza un perché," le disse la signora Pallùa.

Marta aveva la pelle del volto tirata e gli occhi lucidi, se ne stava seduta vicino all'altare tenendo una mano aperta sul petto.

Il prete bofonchiò qualcosa, poi confortò la donna.

"Andrà tutto bene, stai calma, Marta. Vedrai che andrà tutto bene."

"Ma perché l'ha fatto?" disse Marta.

Intanto Paolo con alcuni uomini si riaffacciò sul sagrato.

"Dobbiamo prendere le torce!" disse con la voce rotta.

"E anche i fucili!" aggiunse Klaudio Costa.

Mentre Oswald Masarei e gli altri recuperavano le torce e i fucili da caccia che avevano nelle case, Paolo entrò in chiesa.

"Ancora niente."

Marta sospirò, lui disse:

"Portate a casa mia moglie e state con lei, noi continuiamo a cercare con le fiaccole".

Poi si rivolse a Marta.

"La troveremo di sicuro, avrà voluto farci uno scherzo," disse forzandosi alla calma.

"Bello scherzo! Nel *dì dei mòrč*, poi..."

Lui la abbracciò, uscì di corsa sotto la pioggia e raggiunse gli altri. Nel frattempo il sacrestano spense le ultime candele sull'altare. I Della Vecchia, i Vallier e altri si allontanarono verso le loro case.

Le donne più intime di Marta la accompagnarono a casa coi loro figli e i più vecchi e intanto chiamavano la bambina in ogni angolo del maso. Accomodarono la donna nella sua *stua* rivestita in legno di larice e accesero il *fornèl* con ciocchi di faggio e abete.

Si strinsero tutti nella piccola stube tirolese, alle cui pareti erano appese un'immagine della Madonna, il simbolo del *Herz Jesu Feuer*, il Sacro Cuore di Gesù, e un ritratto in uniforme dell'Imperatore Francesco Giuseppe, con i suoi caratteristici baffi a manubrio. L'aria odorava di muschio e *smàuz*, il burro fresco fatto con la zangola.

Fino a quel momento Serafino Senoner, l'uomo più vecchio di Larcionèi, non aveva detto una sola parola. Se ne stava seduto malamente sulla panca ad angolo sotto il crocifisso. Per via dei dolori alla schiena era costretto a tenere la gamba sinistra dritta e allungata sotto il tavolo e a sorreggere il busto grazie a un nodoso bastone di nocciolo. Continuava a togliere e mettere in testa il cappello *dreispitz* di feltro e intanto si accarezzava la lunga barba bianca.

"Questa storia non mi piace..." disse a bassa voce.

I suoi occhi erano lucidi e velati da cataratte biancastre e muoveva le labbra anche quando stava zitto, tanto che i più piccoli lo canzonavano di nascosto soprannominandolo *marmota.*

"Anni fa a Colle Santa Lucia," disse lentamente il vecchio come se stesse parlando da solo, "ci fu una notte molto nevosa..."

Gli altri si misero in ascolto.

"...Il mattino seguente, nell'ora del *maetìn dei mòrč*, una bambina correva con la slitta lungo il pendio che dalla chiesa scende a La Vila. Il suo errore fu di avvicinarsi troppo alla chiesa mentre dentro c'era la messa dei morti, e si sa che i vivi non devono interferire col mondo dei morti..."

Don Bruno gli mise una mano sulla spalla, non era il momento di parlare di certe cose. L'uomo spostò la mano del parroco con delicatezza e continuò:

"La bambina non fu più ritrovata nonostante le ricerche della famiglia e dei paesani".

Marta serrò le palpebre, si sentiva svenire.

"Basta, vecchio!" esclamò Franca Dorigo. "Come ti salta in mente di raccontare queste storie? Non ci servono altre preoccupazioni, la Marta non ne ha bisogno..." Gli lanciò un'occhiataccia.

"Solo un anno dopo nel bosco vennero ritrovate le trecce dei suoi capelli appese a un faggio."

A parlare era stato Sisto Pedraces, un altro vecchio del paese. A quel punto Teresa Masarei si infervorò:

"La dovete smettere con queste storie!" urlò indicando prima un vecchio e dopo l'altro.

"E allora come lo spieghi questo mistero? E il *Lum de le Auróne*? E la pioggia? Lo capite che queste cose portano disgrazie?" disse Sisto, fermo nelle sue convinzioni.

"Ieri notte," insisté il vecchio, "*ho sentù dei segnài*. Ho sentito battere cinque volte le *sbréghe* del *tabié*! Erano i dèmoni dei *mòrč* che annunciavano nuovi misteri..."

"Non c'è nessun mistero, Tina tornerà a casa!" intervenne Marta. La sua voce era rauca. Teresa le toccò la fronte e fece un cenno alle altre.

Mentre la pioggia picchiava sui vetri sottili delle finestre della stube, uno dei bambini stesi a terra intento a giocare con le biglie a *sciscuré* d'improvviso si voltò verso sua madre. Era Francesco Foppa, coetaneo di Katharina e suo compagno di scuola. Pallido e con gli occhi impauriti esclamò:

"*Mama, la Tina se la ha magnada el lof?*".

La signora Foppa si morse il labbro superiore e si guardò intorno invano per chiedere soccorso.

"*Sta' mut!* Ma cosa ti salta in mente? Ci manca anche il lupo, adesso! Ti pare una roba da dire questa? Gioca con gli altri e non dar retta ai discorsi dei grandi, va' là!"

3.

"Tina! Tina!" urlava Paolo. Avanzava sprofondando nel fango fino alle caviglie e si voltava da ogni parte per illuminare la notte con la torcia. Gli sembrava perfino che quella pioggia maledetta gli fosse entrata nel cervello e nel cuore e che gli piovesse dentro, nell'anima.

Alcuni uomini presero la Strada de la Vena in direzione di Colcuch, altri risalirono fino al Ru Pignazza, qualcun altro andò verso il Lares de la Freina. Paolo e Oswald Masarei salirono in verticale verso il Triòl dei mòrč, l'antico sentiero dei morti, per poi inoltrarsi nei boschi verso il lontano Megon de Megojes, il "papavero dei papaveri", un piccolo promontorio poco sopra Larcionèi. Fu proprio lì vicino che Oswald notò un piccolo fiocco di lana. Chiamò Paolo e glielo mostrò.

"È suo, è del suo vestito!" gridò il padre di Tina.

Si rimise in cammino tenendo la torcia abbassata e scorse alcune impronte nel fango. Il vento soffiava così forte che piegava fin quasi a terra i cimali di ogni pianta. Molti abeti rossi erano stati schiantati sotto i colpi del vento e dei fulmini.

Si udivano appena le voci stridule e aspre dei barbagianni e il bubolare dei gufi reali.

"Avanti, Oswald, di qua!" disse Paolo.

Avanzarono ancora un po' seguendo le orme della bambina, uno dopo l'altro scivolarono nel fango precipitando per qualche metro lungo il ripido pendio del sottobosco. Paolo stava davanti, con il lume abbassato per illuminare la lettiera poltigliosa del bosco, Oswald dietro di lui, con la sua torcia e il fucile da caccia appeso alle spalle con due cinghie.

"Come è possibile che sia venuta fin qui? E da sola, poi!" bofonchiò il giovane Thaler: se quello non era un sogno, allora non doveva che essere un incantesimo.

Oswald pensava lo stesso, ma taceva. Continuarono a salire verso il Megon de Megojes, luogo evocato dai vecchi come misterioso e intriso di leggende paurose.

Si fermarono per riprendere fiato e d'un tratto si udì uno schiocco fortissimo alle loro spalle seguito da un rumore di lacerazione. Un grande abete si era divelto. Fecero un balzo per evitare il fusto, ma un ramo tozzo colpì la coscia sinistra di Oswald. L'uomo urlò e si ritrovò immobilizzato.

"Non riesco a muovere la gamba..." digrignò quando l'amico riuscì a liberarlo.

"L'hai scampata per un pelo!"

Oswald bestemmiò per il dolore.

Qualche decina di metri più a valle si videro le luci di due torce che venivano verso di loro.

Paolo li chiamò, anche se il vento contrario rendeva la sua voce più debole di quella di un bambino. Allora alzò la lanterna e la fece oscillare a destra e a sinistra. Poco dopo Tommaso e Riccardo Dell'Andrea li raggiunsero.

"Ce la fai a camminare?" chiesero a Oswald. Il suo pallore spiccava anche al buio.

"No. Dobbiamo riportarlo giù al paese," intervenne Paolo. "La buona notizia è che ha trovato questo!" E mostrò loro il fiocco.

"Grazie a Dio!" rispose il più vecchio dei due.

Oswald tirò fuori tutto il fiato che aveva e, puntando il dito contro Paolo, disse:

"Mi portano loro, non pensare a me, tu vai avanti e vedi di ritrovare la tua Tina!".

Intanto la pioggia si rovesciava su di loro senza sosta.

Anche i fratelli Dell'Andrea erano sfiniti, intrisi di fango e terra molle.

Sollevarono Oswald, le braccia attorno alle spalle dei due fratelli. Quando furono pronti per scendere, l'amico ferito disse a Paolo:

"Prendi il mio fucile e la mia sacca, ho una *pucia* e del *formài.* E anche *aiva*".

"Grazie, ma l'acqua non manca di certo e il fucile non mi serve."

Oswald alzò la voce:

"Prendilo e non fare storie! È già carico, è un Mannlicher Schönauer della Steyr, saprebbe usarlo anche un cieco!".

Paolo non insisté e lo afferrò.

"Quando la ritrovi," disse Oswald battendo i denti. "Tirale due belle bastonate, fagliela pagare. Deve capire che certe cose non si fanno."

"E chi ti dice che non l'abbia rapita qualcuno?" bisbigliò Tommaso all'orecchio di Oswald.

"Magari i *mòrč*," aggiunse sottovoce Riccardo.

"Storie!" si infervorò Oswald. "Io a queste *tontolonade* non ho mai creduto! Portatemi a casa, che sto male."

"Mi raccomando, dalle una bella lezione!" ripeté ancora. Paolo lo abbracciò e lo ringraziò.

Mentre i tre facevano i primi passi in discesa, lui raccolse la sacca, si mise il fucile a tracolla e ripartì sulle tracce di Tina, con le frasi di Oswald Masarei che riecheggiavano nella sua testa, rimbalzando da una tempia all'altra come l'eco di una valanga che cade tra due pareti verticali.

"Tutte *tontolonade*!" si ripeté imitando il tono di voce dell'amico fino a quando a valle le luci delle tre torce sparirono come stelle cadenti, inghiottite dal buio.

Paolo era solo nel bosco notturno.

"Tina!" gridava "Dove sci, Tina?"

Respirò a fondo, chiuse gli occhi cercando di allontanare le leggende oscure sui morti. Si inginocchiò nel fango e si fece il segno della croce.

"Dio, abbi pietà di me, è la mia unica figlia, ha solo dieci anni..." disse. "Io e mia moglie siamo due poveri contadini... Cosa abbiamo fatto per meritarci questa notte? E voi, spiriti del bosco, e voi morti, e anime della montagna che vegliate e respirate sulle nostre vite, e voi alberi, pioggia, nuvole e vento! Datemi il conforto di riavere la mia bambina. Cercherò di essere un uomo migliore. Farò un voto, se lo vorrete...”

Con le mani infangate e intirizzite per il freddo frugò tra le tasche del giubbotto e toccò il legno di ciliegio della sua lunga pipa ricurva. La accarezzò con un polpastrello. Fumarla lentamente gli faceva fluire meglio i pensieri nei momenti speciali.

“Risparmiatemi un destino crudele. Ridatemi la mia piccola...”

Fu allora che la pioggia si fece più sottile. Dapprima si aprì qualche squarcio opaco, lattiginoso e umido, poi in pochi istanti un'apertura maggiore, fino a che nel cielo sopra di lui spuntò la luna piena, splendente e alta sul monte Padón. Paolo sollevò lo sguardo e rimase incantato. Gli sembrò di vederla per la prima volta tanto era bella e tanto gli era mancata.

Il bosco si fece muto per qualche momento, di un silenzio carico di presenze invisibili. Poi toccò agli animali. Si udì poco lontano l'abbaio di qualche capriolo, il verso dei rapaci notturni e qualche fru fru tra le piante e i rami. La civetta bubolò e infine risuonò il cavernoso e ancestrale bramito del cervo, che in quell'autunno sbilenco non si era ancora udito. Infine altri versi: il fischio del camoscio e l'ululato lontano di un paio di lupi, proveniente forse dal Col di Lana. Paolo tremò all'idea che sua figlia fosse lì fuori.

In paese, negli stessi istanti in cui apparve la luna piena, le vacche, i tori e i cavalli ma anche i maiali, le capre e le galline e perfino cani e gatti cominciarono a risvegliarsi con gemiti e lamenti. Un cattivo auspicio: quando gli animali parlavano era segno della presenza dei morti. La luce della luna era entrata anche nella camera da letto di Marta, dove era stata accompagnata e invitata a stendersi. Un raggio di quel chiarore inaspettato andò a posarsi sul suo cuscino e raggiunse il suo volto disseccato dall'ansia. D'improvviso i suoi pensieri furono attraversati dai ricordi chiari e nitidi della nascita di Katharina. Nessun dolore, nessuna fatica e nessuna paura; soltanto l'emozione grande di quel momento di dieci anni prima, quando stava falciando i prati a Tie e improvvisamente la piccola aveva deciso di nascere. Fu tutto veloce, anche grazie alle altre donne vicine a lei. Tina era nata così, sotto lo splendido cielo azzurro di giugno, tra i prati verdi di un luogo magico, dove soffia sempre un vento buono che è il respiro di tutte le frontiere.

Ma durò poco, la luna tornò a nascondersi dietro alle nuvole e dopo qualche istante ricominciò a piovere come se non avesse mai smesso.

4.

Paolo aveva vagato per tutta la notte, trascinandosi sotto la pioggia come un camoscio rognoso da un albero all'altro, da un prato all'altro, da uno sperone di roccia a quello successivo.

Aveva cercato sua figlia ovunque, senza trovare nessun'altra traccia del suo passaggio. Era caduto, aveva pianto, aveva perso e riacquistato la speranza, fino a che le sue forze erano crollate, e a quel punto aveva deciso di rientrare a casa per qualche ora. Quando scese verso Larcionèi, le campane della chiesa rintoccavano le sette e le gocce di pioggia erano così fini e persistenti che sembravano le bollicine del *móst* quando in marzo il sidro rifermenta nelle damigiane.

Pensava ai luoghi da dove ripartire con le ricerche dopo essersi asciugato e riposato un poco, e rimuginava che sarebbe stato bene anche mandare qualcuno giù a Pieve per avvisare le guardie. Come un fantasma attraversò la strada bianca di Col di Larcionèi e scese claudicando verso il paese. Una volpe attraversò il suo passo, si fermò appena per guardarlo e poi scappò via.

Paolo si fermò alla fontana in dolomia al centro del paese e posò a terra sacca, fucile e lanterna. Rigirò tra le mani il fiocco del vestito della figlia e lo mise in tasca, si lavò viso e mani. I suoi occhi erano lucidi e tirati, vuoti da sembrar finti come quelli degli animali imbalsamati e appesi all'osteria di Lezuo lì vicino. Un freddo gelido ghiacciava ogni pensiero.

Un'ombra gli si avvicinò e si fermò accanto a lui. Era Otto Sief, anch'egli impegnato nelle ricerche notturne.

"Niente?" gli chiese Paolo trepidante.

"No. Nemmeno tu, a quanto pare."

Paolo si sciacquò ancora il viso e poi fece cenno di no con la testa.

Otto gli mise una mano sulla spalla. "Gli ultimi sono rientrati due ore fa, poi ci siamo dati il cambio per aspettarti. Io e molti altri siamo pronti a ripartire, ma tu adesso devi tornare a casa, devi riposare."

Paolo si schiarì la voce e disse:

"Masarei?".

Otto abbassò lo sguardo.

"Niente bene, niente bene... Mi sa che la gamba di Oswald è andata e forse non solo quella. Quando è stato riportato giù dal *bosch* aveva le convulsioni e non ragionava. I Dell'Andrea l'hanno caricato sul carretto e portato dal medico a La Plìe. Era pallido come *l lat de cioura*."

Paolo abbassò gli occhi sul pelo dell'acqua della fontana e vide il proprio volto riflesso. Cacciò un urlo di rabbia e sferrò un pugno alla propria immagine.

Sull'uscio di casa trovò Evelina Donei con don Bruno. Quando lo videro sopraggiungere abbassarono entrambi lo sguardo a terra. L'aria pungeva forte ma almeno non tagliava la pelle come quella invernale. Paolo tirò su col naso e si lisciò i baffi ricoperti di fango.

"Inutile chiedermelo," tagliò corto. "Ma più tardi la troverò. Solo il tempo di asciugarmi le ossa e riparto. Grazie per essere stati con Marta."

Appena mise piede in casa chiuse gli occhi e cadde a terra in ginocchio. Sua moglie si accasciò su di lui. Aveva i capelli sciolti e due occhiaie profonde. Non dovettero dirsi niente. Si abbracciarono con la stessa disperazione, come due faggi spezzati e poi schiantati a terra l'uno sopra l'altro.

Non si udivano più le gocce contro le finestre. Il prete ed Evelina guardarono in alto. Subito accorsero Otto e molti altri uomini che uscirono in strada insieme alle loro mogli e ai bambini. Le nuvole si diradarono e si dissolsero in pochi istanti. Per la prima volta dopo un mese e mezzo. Fecero capolino i primi raggi da dietro la parete del Civetta e il paesaggio tornò finalmente a mostrarsi in tutta la sua ampiezza. Il cielo azzurro e il sole.

Improvvisamente un bambino si sfilò dal gruppo e corse via, gridando e andando dritto verso la fontana con il bagliore dell'alba che si accendeva sul suo viso. Lo seguì un secondo *mot*, Girolamo, anche lui con gli occhi increduli e pieni di gioia, e così fece anche una bambina, Sylvia. In un attimo, come cince che si precipitano insieme sulle bacche dello stesso *melèster*, tutti i bambini di Larcionèi si involarono nello stesso punto e cominciarono a esultare e saltare chiassosi.

"Mamma!" urlò Francesco Foppa. E a seguire tutti gli altri: "Mamma, c'è la Tina! Venite!".

A quel punto sua madre e le altre donne si voltarono verso la fontana e non credettero ai propri occhi.

"Tina! Dove sei stata?" le chiese Francesco, era felice.

Lei non rispondeva. Sembrava disorientata, con lo sguardo assente e uno strano sorriso sulle labbra.

I paesani accorsero alla fontana.

La piccola Katharina era pulita, pettinata e con il vestito in ordine come quando era entrata in chiesa per la funzione dei *mòrč*. Soltanto le scarpette erano infangate.

Ci fu chi si mise a piangere, alcune donne strinsero la testa tra le mani. Iniziarono a ringraziare Dio e chiamarono subito i Thaler a gran voce.

"Venite a vedere!" gridarono in coro. "Vostra figlia è qui!"

Il piccolo Francesco continuava a girellare intorno a Tina, quando sua madre lo strattonò a sé.

"Non la toccare!" esclamò. "Non avvicinarti a lei."

"Statele alla larga!" gridò il prete imponendo a chiunque di fermarsi. Scrutò severo la bimba e fece un grande segno della croce al suo indirizzo. "La bambina può essere vittima di un incantesimo!"

Senoner alzò un braccio intimando a tutti di fare attenzione.

"Può avere avuto contatti coi morti!" esclamò. "Non guardatela nemmeno negli occhi!"

"Ma cosa dite? Che dici, mamma?" gridò incredulo Francesco Foppa. "È la Tina, non siete contenti?"

Lei se ne stava muta e immobile.

Paolo e Marta arrivarono senza fiato, si fecero largo tra i paesani e riabbracciarono forte la loro bambina. Tutti gli altri indietreggiarono.

"Tina!" gridò Paolo. "Tesoro mio! Come stai?"

Lei non disse niente, sembrava fosse incantata, a stento teneva aperte le palpebre.

"Piccola!" esclamò Marta cullandole la testa tra le mani.

La guardò come si guarda la luce del giorno dopo aver visto l'oscurità della morte. Le sembrò un bucaneve sbocciato dopo un inverno infinito.

Paolo sollevò la figlia tra le braccia piangendo come non aveva mai pianto, poi con un filo di voce ringraziò tutti quanti, ma nessuno rispose. La folla di paesani attorno a loro era ammutolita, e tutti i presenti fecero qualche passo indietro. Paolo guardò ancora Tina negli occhi. Marta le accarezzò il viso e le tastò il corpo, come a controllare che fosse tutto a posto.

"Stai bene?" le chiese ancora, preoccupata che non parlasse.

Katharina aveva gli occhi lucidi. Si rivolse al papà:

"Ho tanto sonno," sospirò. Poi un lungo sbadiglio.

5.

Katharina dormì tutto il giorno e poi l'intera notte, mentre i suoi genitori non chiusero occhio.

Il mattino seguente, ancor prima che le ultime stelle, finalmente tornate a brillare nel cielo, volgessero dietro il massiccio del Sella, Paolo e Marta erano già scesi nella *stua*.

Silenziosi, con il cuore pieno di timori, ogni tanto incrociavano gli sguardi e riconoscevano la propria fragilità negli occhi dell'altro.

Alla paura scampata si era sostituita nei loro cuori l'ansia per l'attesa del risveglio di Tina, che si mescolava alle ipotesi oscure sulla sua sparizione. Nella stanza l'angoscia era pesante come il fumo dell'incenso in chiesa.

Paolo era già stato nella stalla per foraggiare le due vacche e fare la mungitura del mattino, e poi nel pollaio per dare il becchime alle *pite.*

Ora stava inginocchiato davanti all'apertura della grande stufa a legna. Con pazienza e meticolosità, le sue mani tremolanti afferravano un ciocco di faggio alla volta e lo deponevano nel profondo e oscuro ventre del *fornèl.* Sistemava i tronchi così da lasciare libera la base per poi appiccarvi il fuoco. Sperava di trovare la calma nella ripetitività del gesto, ma aveva il fiato corto e i suoi pensieri vorticavano come la *balinà*, la neve a pallini duri sospinta dal vento di burrasca, e gli picchiavano nel petto trasportati da una corrente silente eppure impetuosa. Marta aveva un forte mal di testa, si sentiva come se il becco di una nocciolaia le martellasse in continuazione una tempia. Non sapeva come facesse suo marito a stare così fermo, quando lei non faceva altro che camminare su e giù per la stanza fingendo di essere indaffarata a spolverare e riordinare, avvolta in uno scialle di lana nero con dei fiori rossi e azzurri ricamati alle estremità.

I vetri sottili delle piccole finestre erano appannati e fuori il cielo era ancora buio.

Con passi felpati risalì piano piano le scale di abete attenta a non farle scricchiolare. Raggiunse il ballatoio e poi la porta della cameretta di Tina, rimasta socchiusa. Si avvicinò e tese l'orecchio verso l'interno. Udì il respiro della piccola e sospirò sollevata.

"Dorme?" le chiese Paolo quando tornò nella stube, mentre lui con l'acciarino fiammeggiava alcune foglie secche poste sotto i legnetti di abete.

Marta fece segno di sì con la testa. Si strinse ancor di più nello scialle. Poi salì nuovamente le scale, senza aprire bocca. Paolo chiuse gli occhi e sbuffò, si passò una mano tra i capelli e poi si pettinò prima un baffo e poi l'altro, stringendoli tra pollice e indice. Quando Marta scese di nuovo, il fuoco era già acceso e il crepitio dei legnetti più piccoli si udiva in tutta la stanza. Paolo la guardò negli occhi stringendole le spalle con le mani.

"Pensi che qualcuno possa averle fatto del male? Quando l'hai spogliata ieri, per lavarla e metterla a letto... hai notato qualcosa di strano? Insomma... Era tutto a posto?"

"Sì, sì, tutto a posto. Nessuno le ha fatto del male, grazie a Dio. Neanche un graffio. È che..."

"Che?"

"Ti sembrerà brutto da dire, ma questo rende la faccenda ancora più strana, non trovi?"

Lei si mise le mani in testa come per strapparsi i capelli dal nervoso, lui la abbracciò.

"Adesso calmati, Marta! È a casa, sta riposando, stai tranquilla. Ci sarà tutto il tempo per capire cosa le è accaduto, ce lo spiegherà lei stessa."

"Ho paura, Paolo! Qualche giorno fa, prima della sparizione di Tina, ero da sola nel tabià e improvvisamente ho sentito dei rumori strani: cose che sbattevano fra loro e urla, vetri che si rompevano... Lo sai cosa si dice di tutti questi *segnài*, no? Che preannunciano disgrazie!" singhiozzò lei.

I riflessi delle lingue di fuoco si proiettavano in tutta la stube ancora oscura, in attesa del giorno.

"Ma cosa dici?" Le accarezzò i lunghi capelli. "Quella maledetta pioggia e il *Lum de le Auróne* ci hanno fatto diventare matti tutti quanti, *hostia*!"

"Ma cosa può essere successo?"

"Ti ricordi quella notte di un anno fa quando l'abbiamo trovata addormentata nel ballatoio? Era *sonnàmbul*, e magari è successo ancora. L'importante è che ora Tina sia qui con noi."

"Ma va' là! Hai sentito i gufi e le civette stanotte? Sembravano mille... Tutti intorno alla nostra casa, Paolo! C'è qualcosa che non torna... *Da vedèl se vede čin'n bò ke ven*."

"Da vitello si vede quale sarà il bue? Davvero pensi questo di tua figlia? Pensa a come se la dev'essere passata lei, piuttosto! Quanto a gufi e civette, ci sono tutte le notti, Marta. Sono nei boschi intorno al paese, non sulla nostra casa... Sei sempre stata più forte di me, lo sappiamo bene. Credi che io non abbia le tue stesse paure? Bisogna che torni in te, cosa ti succede? La piccola non deve vederci in questo stato."

Lei tirò su col naso e si schiarì la voce.

"Sì," disse dandosi coraggio. "È che succedono cose che non riusciamo a comprendere..."

Paolo le fece segno di tacere.

Sembrava che fossero invecchiati di dieci anni in due giorni.

Marta sentiva un peso dietro gli occhi e la fronte, come se il sale delle lacrime versate in quei due giorni si fosse cristallizzato e deposto tutto lì.

A Paolo, dopo quella nottata trascorsa nella foresta sotto la pioggia, doleva tutto il corpo, si sentiva le ossa spaccate in mille pezzi e la testa ancora inzuppata e ricolma d'acqua.

Fuori, dietro il Civetta e il Sasso Bianco, si iniziavano a intravedere i primi bagliori dell'alba autunnale.

Durante quell'ultima notte l'aria si era girata spazzando via l'umidità nonostante il paese, i boschi e le montagne fossero ancora fradici come le salamandre alpine che sguazzano nei laghetti d'alta quota.

Senza aggiungere altro, marito e moglie si sedettero sulla panca mentre il fuoco divampava nella stufa.

"Non possiamo fermarci," disse lui di punto in bianco.

Lei annuì.

"Dobbiamo approfittare del bel tempo per concimare i campi da canapa prima che arrivino le prime gelate notturne. Siamo già in ritardo, andava fatto a san Luca, *maladéta piova*!"

Le luci dell'alba schiarirono il profilo familiare delle montagne. Poco a poco i raggi del sole si abbassarono su Larcionèi, riportando alla luce case e fienili. Sulla stretta stradina che dal paese risaliva verso la casa di Paolo e Marta s'incamminò un'ombra. La sagoma era scura. Un uomo.

Paolo si lisciò i baffi.

"È il prete!" esclamò.

"Sembra lui..." mormorò Marta scrutando alla finestra mentre l'uomo era ormai a poche decine di metri.

"Vorrà sentire come sta la bambina, che Dio lo benedica."

Paolo diede una sbirciata alla stufa, ficcò in testa il *dreispitz* verde e uscì prima che don Bruno bussasse alla porta.

Marta rimase in casa e dalla finestra vide il prete che salutava Paolo mantenendo le distanze. Parlava con lo sguardo basso ma era impossibile sentire la voce. Il prete stava facendo il segno della croce nell'aria verso Paolo e la casa.

Paolo lo ringraziò e gli chiese se voleva accomodarsi.

"No!" sentenziò il parroco. "Dimmi, Paolo: come sta tua figlia?"

Paolo richiuse la porta per non fare entrare in casa il freddo del primo mattino.

"Dorme da ieri... Sembra un ghiro in gennaio," sorrise. "Comunque sembra stia bene, grazie."

Il prete rimase serio, con la bocca dritta e serrata, senza labbra, un sottile taglio di coltello netto ed esangue. Fissò Paolo negli occhi.

"Vedi," iniziò a dire lentamente, lo sguardo rivolto verso i corvi e le cornacchie che gracchiavano svolazzando sui prati. "Paolo, lo sai anche tu che quanto accaduto a tua figlia la notte dei *mòrč* è un fatto quantomeno misterioso, giusto?"

Paolo abbassò lo sguardo. "Sì."

"Cosa vi ha detto lei in proposito? Dove è stata?"

Il suo tono si era fatto indagatorio.

Paolo tacque un istante, poi la sua voce si fece decisa.

"E chi lo sa? Tina è sconvolta, ieri mattina non ha aperto bocca ed è subito crollata nel sonno. Quando si sveglierà glielo chiederò con calma. Per ora l'importante è che sia a casa e stia bene, no?"

Il prete lo scrutò per qualche secondo, in silenzio. Poi disse:

"Paolo, ti sembra normale che non vi abbia detto niente? Ed è normale secondo te che dorma ininterrottamente da ieri mattina?".

Paolo mise le mani nelle tasche dei pantaloni e strinse i pugni forte. Anche i denti, strinse.

"Senta, padre," proruppe. "Io pensavo che lei fosse venuto a farci visita per dare una carezza alla bambina, o per incoraggiarci dopo l'angoscia e la paura che mia moglie e io abbiamo provato per due giorni, e invece lei... Lei viene qui e..."

"Caro mio," lo interruppe il sacerdote freddamente. "Io sono il pastore di tutti i tuoi compaesani, non soltanto tuo e della tua famiglia. Ieri sera sono venuti in canonica i capifamiglia di tutte le casate di Larcionèi. Non mancava nemmeno un cognome..."

"Per fare cosa?" esclamò Paolo.

Il prete si guardò intorno, poi disse piano:

"C'è molta paura, Paolo. La gente è spaventata da quanto accaduto alla piccola. Prima il *Lum de le Auróne*, poi la pioggia e infine la sparizione della bambina la notte dei morti. Sono tutti convinti che...".

"Che?"

"Che ci sia lo zampino dei morti, di qualche *strìa* o del *diàol.* Capisci?"

"Don Bruno..."

"Io li ho tenuti calmi e li ho rassicurati sul fatto che avrei visto la bambina e le avrei fatto un rito risolvendo la questione. E ti assicuro che al di là delle loro intenzioni, questo lo avrei dovuto fare comunque, a meno che tu e tua moglie non vogliate che di questa sparizione ne parli direttamente con il vescovo di Bressanone..."

Paolo era esterrefatto.

"Padre! La bambina è solo esausta, si sveglierà e ci spiegherà tutto, sarà stata nascosta da qualche parte, magari per farci uno scherzo!"

"Proprio un bello scherzo, eh? Non credi nemmeno tu alle tue parole. Se vuoi che la questione si risolva davanti a Dio e davanti agli occhi di tutti gli abitanti di Larcionèi, vieni da me stamattina con la bambina. Vestila di nero e coprile il volto fino a che non sarete entrati in chiesa. Sarò ad aspettarvi in canonica. *Bon dì*, e che Dio vi benedica tutti." Girò i tacchi e, prima che Paolo potesse rispondere al saluto, ripartì in discesa verso il centro del paese.

Paolo rimase immobile. Si sentì solo, umiliato e ancora più preoccupato di quanto già non fosse prima di quella visita. Tirò fuori le mani dalle tasche e se le passò sul viso freddo. Aprì la porta di casa e rientrò nella stube.

"Allora?" gli chiese subito Marta, andandogli incontro. "Che c'è, qualcosa non va?"

Paolo si tolse il cappello e si sedette sulla panca lasciandosi andare come un sacco d'avena. Prese la sua pipa curva e il tabacco trinciato, fece per caricarla come al solito ma improvvisamente si fermò. La vita gli aveva insegnato tante cose, alcune buone e altre meno, e uno dei valori sui quali poggiava il suo concetto di onestà era la fedeltà alla parola data. Prese la pipa e la ripose dentro un cassetto della vecchia credenza di cirmolo con un sospiro.

Nel frattempo Tina aveva finalmente aperto gli occhi con la luce del sole. Sbadigliò, si stiracchiò e si passò le mani tra i capelli. Si sentiva bene e riposata. La luce che entrava dalla finestra le aprì la bocca in un sorriso. Fasciata dal suo pigiama di lana grezza si alzò dal letto senza far alcun rumore, uscì dalla camera e con il passo silente di un cucciolo di lince scese lentamente le vecchie scale e, giunta dabbasso, si nascose dietro la porta della stube.

"Paolo, che ti ha detto il prete?" lo richiamò ancora Marta.

Lui si voltò, i suoi occhi erano come distratti da mille pensieri. Erano lucidi e spaventati. Si lisciò lentamente i baffi e disse:

"Mi ha detto che per il momento è meglio se non ci facciamo vedere dai paesani. Sono tutti convinti che Tina...".

"Che Tina?"

"Sia vittima di un incantesimo, una stregoneria, qualcosa del genere..."

Marta si mise le mani tra i capelli.

"Oh, santo cielo!" esclamò, ancora più angosciata. "Ci mancava questa, ci mancava..."

"Già. Che stupidaggine."

"Dio mio, ci mancava il *diàol*. Lo vedi che le mie angosce erano giustificate?" aggiunse Marta sospirando.

Tina, ferma dietro la porta, tratteneva il fiato. Silenziosa come era scesa, ritornò in camera sua.

6.

Non aveva avuto tempo per pensare a cosa stava accadendo. La mamma si era affacciata alla porta della sua camera per vedere se era sveglia, e avrebbe voluto tempestarla di domande ma riuscì a trattenersi. Le disse solo che il prete la voleva vedere immediatamente.

"Perché?" domandò Tina.

"Fa' la brava, Katharina, devi solo rispondere con educazione alle domande che ti farà," le sussurrò salutandola sull'uscio, dopo averla lavata e vestita per bene.

"Vi aspetterò con una buona *menestra de orz.*"

Lungo il tragitto che dal maso dei Thaler scendeva al paese, la bambina strinse forte la mano magra e venosa di suo padre. Di lui si fidava, quando era al suo fianco anche le cose più difficili diventavano facili. Allo stesso tempo, però, si sentiva confusa: l'unica cosa che avrebbe voluto in quel momento era stare in pace a giocare nel bosco.

In quell'autunno anomalo e balordo, i larici avevano preso così tanta pioggia da scolorirsi. Nessuno fra loro era ramato, giallo o dorato come avrebbe dovuto essere in quel periodo. Il lavacro che aveva affogato boschi e campi aveva finito per privare la natura dei suoi colori più belli, e la stagione più colorata si era ritrovata senz'anima.

Tina fingeva di avere le ali come l'aquila reale che a volte si vedeva volteggiare su Larcionèi. Passando tra le case lei e suo papà non poterono fare a meno di osservare le ombre di chi si nascondeva dietro le finestre chiuse cercando di sbirciare senza mostrarsi.

"Basta un giorno per far marcire amicizie di una vita," pensò Paolo.

Strinse ancor più forte la mano della figlia cercando di trasmetterle un coraggio che in realtà non aveva, e Tina lo aveva capito subito.

Su di sé lei aveva il peso di mille occhi e mille chiacchiere a vuoto, quelle dei paesani, mai così freddi e distaccati come in quel momento. Cercò di dare un nome a quel disagio. Si disse che era come sentirsi un animale selvatico, una preda.

Si voltò verso la cima del Pore e sospirò.

Una ghiandaia volò sopra di loro.

"*Tuto bén?*" le chiese il papà.

Tina gli sorrise ma non rispose.

All'ingresso della canonica, sullo stipite, erano scritti in gessetto l'anno domini e le iniziali dei re magi 19 C+M+B 13.

Paolo si schiarì la voce e con le nocche della mano batté il portone tre volte.

Don Bruno aprì la porta e scrutò la bambina, poi tornò indietro per recuperare le pesanti chiavi della chiesa.

"Venite con me," disse soltanto.

Giunti alla chiesa, il parroco accese alcune candele e le mise sotto la pala di san Michele Arcangelo, che si illuminò prontamente, quindi prese a braccetto l'uomo e lo trascinò in disparte. Sottovoce gli chiese:

"Avete notato comportamenti strani in lei?".

Paolo allargò le braccia.

"No, padre," disse.

"La voce è cambiata?"

"È sempre la stessa, padre."

"E dimmi, è integra? Qualcuno le ha... Insomma..."

"Tina sta bene. Né un graffio né uno starnuto."

Il prete lo fissò negli occhi come se volesse capire se stava mentendo. Dopo qualche attimo di silenzio gli fece cenno di seguirlo. Chiamò Tina e fece inginocchiare i Thaler sotto la pala di san Michele, indossò la stola, afferrò una croce di bronzo e si parò davanti a loro con tutta la sua figura.

"Dimmi, bambina," attaccò. "Come hai fatto a uscire dalla chiesa durante la commemorazione dei *mòrč* e dove sei stata per tutta la notte?"

Tina non capì perché gli avesse fatto quella domanda. Cercò rifugio nel volto del padre, e lui le prese una mano con delicatezza.

"Non avere paura, devi dire la verità," le disse.

"Siamo di fronte a Dio. Gli scherzi e i *segnài* dei *mòrč* non ci devono impaurire," le disse il prete.

"Io sono sempre stata qui in chiesa, non sono andata da nessuna parte," mormorò lei.

Il prete spalancò gli occhi e invocò la vergine Maria. Poi andò a prendere un grosso crocifisso di legno che non usava mai durante le messe. Quando tornò da Tina era pallido e scosso, anche se cercava di mascherarlo. "Sei davvero convinta di essere sempre stata qui con noi fino alla fine della messa?"

"Sì, padre. E poi siamo tornati a casa con papà e mamma, come sempre."

Don Bruno ebbe un tremito che gli attraversò il viso, ma continuò: "Ti ricordi qualcosa oltre a questo? Oltre alla messa?".

"Non ricordo niente... Ma che storia è? Perché..." disse girandosi verso il papà e sistemando lo scialle perché non le cadesse dalla testa. Lo sguardo di Paolo era sgomento.

"Non distrarti! Niente di niente?" insisté il parroco.

La bambina si prese qualche istante di silenzio e poi timidamente cominciò a dire:

"Forse ricordo una musica, ma non ne sono sicura, come di violini...".

"Le *vìdole*! E poi? Dimmi!" Lo sguardo del parroco ora era fermo. Gli occhi spalancati.

"E poi mi sembra... mi sembra di ricordare una bellissima voce di donna. Ma io ero qui, eravamo tutti qui dentro la chiesa. Le avete sentite anche voi, no?"

Il parroco sollevò la croce, la avvicinò alla bambina e pronunciò ad alta voce:

"*Sancte Michael Archangele, defende nos in proelio; contra nequitiam et insidias diaboli esto praesidium. Imperet illi Deus, supplices deprecamur: tuque, Princeps militiae caelestis, Satanam aliosque spiritus malignos, qui ad perditionem animarum pervagantur in mundo, divina virtute in infernum detrude. Amen*".

Infine si rivolse alla bambina:

"Ripeti con me: rinuncio al maligno!".

La bambina ripeté la frase per tre volte.

Allora don Bruno fece nove segni della croce nell'aria, rimosse lo scialle dalla testa di Tina e cosparse il suo capo con dell'acqua santa e della cenere. Tina era immobile, coi capelli bagnati, spaventata e incapace di comprendere che cosa stava accadendo. Il sacerdote sospirò e ringraziò Dio.

Paolo si fece il segno della croce e guardò implorante il parroco.

"Don Bruno..." provò a dire timidamente mentre stringeva Tina al petto. "Ora è tutto a posto?"

Ma il sacerdote continuava a muovere le labbra tremolanti, sembrava non averlo neanche sentito.

"Ora è tutto sistemato?" ripeté Paolo.

Il parroco aprì gli occhi, gli si avvicinò e gli disse a bassa voce:

"Sì. Le musiche che ha detto di aver sentito sono quelle dei violini dei *mòrč*. Era da immaginarselo, sono le musiche spiritiche dell'aldilà. Ma ora la bambina è stata liberata grazie all'esorcismo scritto per mano di papa Leone XIII".

Paolo si mise a piangere in silenzio. Fu come se la sua anima si fosse liberata di un macigno grande come quelli che al disgelo rotolano giù dal Settsass e dalla Croda Negra.

"Che Dio sia lodato!" esclamò. Abbracciò la figlia e le disse:

"Corriamo a dirlo alla mamma. Domani potrai anche tornare a scuola!".

Tina scrollò leggermente la testa per spostare i capelli che le coprivano gli occhi. Pensò che le parole del prete erano state sciocche e assurde, come la maggior parte delle cose che i grandi ritengono importanti ma che per i bambini non hanno alcun significato, e trovava strano che suo papà, così diverso da tutti gli altri adulti del paese, gli avesse dato così tanta importanza. Aveva addirittura il sorriso dei giorni belli, come quando la canapa cresceva bene, macerava bene, fruttava bei soldi.

"Nemmeno la mamma riesce mai a farlo sorridere così," mormorò tra sé. Si sentiva fuori posto, a disagio; pensava a quel papa che aveva il nome di una bestia enorme, se lo immaginò con una lunga criniera e i denti aguzzi. Si chiese perché erano andati lì di nascosto, perché don Bruno avesse avuto tutta quella paura e perché tutte quelle benedizioni e parole latine che a messa non aveva mai sentito pronunciare. E poi si disse che in fondo non aveva nessuna voglia di tornare a scuola.

Paolo si avvicinò al parroco e, senza farsi udire da Tina, disse: "Don Bruno, però io non capisco. Lo sappiamo tutti che Tina due notti fa è scomparsa, l'abbiamo cercata dappertutto. Lei invece insiste col dire che è sempre rimasta qui. Non mi pare che questo mistero sia stato risolto, no?".

La bambina intanto, lontana qualche metro da loro, con gli occhi chiusi annusava l'odore dei fiori appassiti e quello della cera delle candele.

Il prete continuò:

"Vedi Thaler, la verità è tanto semplice quanto incredibile. Il regno dei morti e quello dei vivi spesso si sovrappongono. I morti sono sempre tra noi, anche se non li vediamo. Essi possono interferire con la nostra vita. Un anno fa a Rèba, lungo il sentiero che porta al Campolongo, una donna vide alcuni esseri umani sconosciuti, seduti attorno a una mensa riccamente imbandita: mangiavano, bevevano e cantavano. Poi scomparvero. Erano senza dubbio dei morti. E questo è niente, Paolo. Ne avrei da raccontare..."

"Devo spaventarmi?" chiese Paolo, sempre più confuso.

"Credo che i morti abbiano tentato di rapirla per portarla

nell'aldilà, magari solo per fare un brutto scherzo o lanciare un avvertimento, ma poi hanno cambiato idea e l'hanno liberata facendola ricomparire in carne e ossa. Tua figlia non sa nulla, crede davvero di non essersi allontanata da qui... Io non ho potuto far altro che liberarla dall'incantesimo, e grazie alla misericordia divina è stato più facile del previsto."

Tina si guardò intorno e vide croci e cuori votivi appesi ovunque. In legno di abete, in bronzo, in ferro battuto. Sembravano tappezzare le pareti come un ammonimento permanente, un richiamo al pentimento, sembrava dicessero: "Non esistono innocenti, ma peccatori non ancora scoperti".

Il prete fece capire a Paolo che gli doveva offrire qualcosa per l'esorcismo ben riuscito. Lui rovistò nelle tasche dei pantaloni e tirò fuori un portamonete in pelo di camoscio. Estrasse trenta *heller* e glieli porse. Il parroco li soppesò sul palmo della mano e li fece tintinnare.

"Non dico una corona, ma almeno cinquanta *heller* sì..." provò a dire.

Paolo tirò fuori altre monete senza fiatare.

"Vedrai che ora in paese tornerà la calma, domani spiegherò io a tutti che la questione è stata sistemata. Piuttosto... Sarebbe bene che tu domattina facessi visita alla signora Masarei. Mi è giunta notizia che suo marito Oswald in ospedale a Bressanone è peggiorato e la sua situazione è molto critica."

Paolo annuì sommessamente, poi si salutarono.

"*Tati*," disse. "Di cosa parlava don Bruno? E perché mi ha fatto ripetere quelle frasi sul maligno?"

"Non ti preoccupare, tesoro, era... era soltanto un modo per benedire la tua anima."

Tina si fece pensierosa e mentre imboccavano la salita stretta tra i masi e le case del villaggio, diede un calcio a un sassolino che si era ritrovata sul cammino.

Il vento prese a soffiare sopra il cielo di Larcionèi. Teso e tagliente, ma non quanto le sagome dei compaesani dietro le tende delle case, che accompagnarono anche il loro ritorno. Nessuno si mostrò, nessuno si fece vivo, e anche stavolta qualcuno si nascose all'ultimo istante trascinando dietro l'angolo di un fienile l'ombra furtiva della propria presenza.

Paolo si tirò su il bavero del sarner, la giacca tirolese in lana cotta.

"Perché si nascondono tutti e ci spiano, papà?"

"Non ci fare caso, Tina, non è niente, nessuno ci spia."

E dopo averlo detto si morse il labbro superiore, poi si accarezzò i baffi.

La piccola non ci cascò. Sapeva bene che quando faceva così voleva dire che era in imbarazzo. Avanzarono in silenzio, ascoltando solo il vento e lo scalpiccio delle loro scarpe che, un passo dopo l'altro, si allontanavano dalla chiesa risalendo il colle.

Pochi istanti dopo, appena fuori dall'abitato, Tina si fermò di colpo e strinse forte la mano del papà.

"Hai sentito che forte?" gli chiese. La sua voce era emozionata.

"No, che cosa?"

"Ma il bramito del cervo, papà! Era fortissimo, da far tremare l'aria."

"Il mese scorso, con tutte quelle piogge, anche i cervi hanno avuto poco tempo per divertirsi." Rise.

Poi guardò Tina di sottecchi, preoccupato.

Il verso del cervo lui non l'aveva proprio sentito. In novembre poi, figurarsi!

7.

Marta servì in tavola un piatto caldo almeno quanto il suo fugace sorriso. Prima di mettere i cucchiai nella minestra, recitarono tutti e tre alcune preghiere di ringraziamento e accesero una nuova candela posizionandola tra il cristogramma, l'immagine della Madonna e quella dell'Imperatore. Tina assaporò la *menestra de orz* come se fosse la prima volta. Le sembrò più buona che mai. Il sapore e il calore che si diffondevano dalla bocca al resto del corpo le diedero un grande conforto, come se in quelle cucchiaiate ci fosse una medicina portentosa.

Marta tirò fuori da uno straccio uno *zigher sfumià* a forma di cono e ne tagliò tre piccoli spicchi. Il primo lo porse al marito, che amava molto quel formaggio stagionato e acido.

"Domani si inizia a concimare i campi e Tina torna a scuola, tutti riprendiamo la nostra vita," disse Paolo guardando la figlia, ma lei era persa nei suoi pensieri.

Tina afferrò del pane vecchio dal tavolo, lo spezzò in tocchetti e li mise nella scodella, osservandoli mentre si inzuppavano e affondavano. Marta la osservava di soppiatto e, nonostante Paolo avesse detto che il prete aveva sistemato le cose, lei continuava a notare qualcosa di strano negli occhi della figlia, uno strano candore incantato, come se il suo corpo fosse lì ma la sua anima altrove. La piccola intanto si immaginava che i pezzi di pane secco immersi nella minestra fossero altrettanti uomini cattivi che sprofondavano senza via di scampo nelle sabbie mobili. Che poi chissà come erano fatte per davvero queste sabbie mobili. Era stata la maestra Ulrike a parlarne a scuola, dicendo che erano una trappola mortale, ma che non ci si doveva preoccupare perché si trovavano in luoghi molto lontani dalle Dolomiti. La maestra, che quando parlava di geografia e di paesi lontani si emozionava sempre, aveva detto che una volta messi i piedi nelle sabbie mobili non c'era più possibilità di uscirne vivi perché più ci si muoveva, più ci si sprofondava.

"Katharina!" disse bruscamente la mamma. "È la terza volta che ti chiamo. Mi ascolti?"

La bambina ebbe un sussulto e il cucchiaio le cadde dalla mano.

"Sì mamma, scusami."

Marta attese che Tina la guardasse negli occhi e poi le disse:

"Finisci alla svelta perché oggi pomeriggio mi devi aiutare in casa e poi si va a dormire presto. Lo sai che per andare a scuola ci si tira su con il gallo, no?".

"Mamma, stasera prima di dire le preghiere a letto me la puoi raccontare una storia?"

Marta e Paolo sorrisero allo stesso tempo. A Marta piaceva raccontare storie e leggende a sua figlia. Per lui invece quella richiesta significava che la piccola era davvero tornata come prima e si disse pronto a rispettare il voto, quella promessa che aveva fatto nel bosco.

Alla sera, quando finalmente Tina fu sotto le coperte, Marta andò a sedersi ai piedi del letto. In una mano teneva una piccola bugia che sosteneva la *ciandëla* accesa. Illuminati dal basso gli zigomi e le spigolosità del suo volto risaltavano ancor di più, ma anche la dolcezza e la mitezza dello sguardo. Tina si era tirata le coperte fino al mento. Sorrise.

"Mi racconti la storia della Tsicùta?"

Marta rimase interdetta. Si fece più seria.

"Perché proprio la Tsicùta?"

"Così, perché mi piace, la sua storia mi emoziona tanto."

"E la principessa Dolasilla non ti emoziona? E nemmeno

la fanciulla di Giralba? E le Pope del Latemar? Proprio di lei vuoi che ti racconti?"

"Sì, ti prego. Mi piace tanto..."

Marta sospirò, si schiarì la voce e recitando a memoria iniziò a narrare:

"Custode del Megon de Megojes sul monte Pore è la sorella dello stregone Spina de Mul, una vecchia maga chiamata Tsicùta che ha al suo servizio tutti gli animali selvatici ed è sposata con un corvo parlante. Possiede una pietra magica, la *rajetta*, ed è esperta in pozioni magiche e incantesimi che fanno addormentare gli esseri umani. La sua signoria infatti è sugli animali, sul papavero, sulla vita e sulla morte...".

"Mamma, il barbagianni! L'hai sentito?"

Marta tese le orecchie.

"No, non ho sentito niente."

Tina sollevò il lembo della coperta fino a lasciare fuori solo gli occhi. Mentre la mamma ricominciava a recitare, lei ascoltava attentamente e guardava il raggio bianco che entrava dalla finestra. Era una piccola scala d'argento che, se percorsa al contrario, conduceva fino alla luna calante sospesa sopra il massiccio del Sella. Avvertì un fremito, un misto di eccitazione, timore e sollievo, come quando durante i giorni più caldi dell'estate portava le vacche al pascolo col papà e, dopo aver camminato e sudato per ore, entrava a piedi nudi nell'acqua gelida del torrente. Improvvisamente le venne un gran sonno e socchiuse gli occhi.

Sua madre intanto continuava a raccontare, sempre più piano:

"La Tsicùta, bellissima ma anche scontrosa e lunatica, non esce mai dalla montagna, se non quando si avvicina un temporale. Appena cominciano a cadere le prime gocce di pioggia, essa si ritira e con lei spariscono anche i papaveri scuri come il sangue...".

La bimba si era addormentata. Recitò le preghiere anche per lei, la baciò sulla fronte e disse sottovoce:

"Che Dio ti benedica, figlia mia".

Marta uscì adagio dallo *stangòrt* e scese per aiutare il marito. C'erano da sistemare alcuni attrezzi nella stalla e riempire di letame le gerle da portare l'indomani mattina sui prati da canapa. Fecero tutto in silenzio, con gesti rapidi e antichi.

Quando chiusero il portone della stalla si era alzata una leggera brezza di favonio che scendeva dal Pore. Nemmeno il tempo di rientrare in casa che il vento si rafforzò e i cimali degli abeti si trasformarono in pennelli che dipingevano il cielo verso le propaggini della montagna.

A letto, le loro mani si sfiorarono sotto le coperte. Al buio lui strinse quella di lei.

"Speriamo sia davvero finita questa brutta storia, e che da domani tutto ricominci come prima," disse Marta sottovoce.

Lui sospirò.

"Paolo, ora puoi dirmelo. Cosa ti ha detto il parroco?"

Lui cercò una posizione comoda, poi mormorò:

"Tina è stata vittima di una specie di incantesimo, ma ora la faccenda è risolta. Domani lo farà sapere a tutto il paese e le cose torneranno come prima. Ha detto che certe storie sono sempre successe".

"Dio sia lodato. Ma tu non hai avuto paura?" gli chiese.

"Certo che ne ho avuta, moglie."

Lei fece un profondo respiro e poi lentamente disse:

"Io non capisco e preferisco non sapere. Ci sono cose più grandi di noi. Forze e misteri che è meglio non conoscere. Hai ragione tu, alla fine bisogna smettere di farsi domande...".

Fuori, il vento prese a soffiare sempre più forte e a un certo punto lo si sentì sibilare dentro il camino, come se volesse entrare in casa in forma di voce stridula.

I due tacquero qualche istante, poi Marta aggiunse: "Paolo, c'è una cosa che devi sapere".

Lui rimase con il fiato sospeso, in attesa che continuasse. Marta sospirò profondamente e iniziò:

"Sai che mio padre non era uno stinco di santo, ma della mia povera madre non sai niente, non l'hai mai conosciuta. Se n'è andata prima che io e te ci incontrassimo".

"E con questo?"

Lei fece silenzio.

Tutto quel prendere tempo iniziava a insospettirlo. "Devo accendere la candela?" le chiese.

"No!"

"E allora dimmi, *hostia*! Non tenermi come *la mola de sot*!"

"Shhh... Così la bambina si sveglia!"

"Dimmi questa cosa."

"La verità è che mia madre..."

"Tua madre?"

Paolo si alzò di scatto, prese l'acciarino e accese nuovamente la candela. La fiammella illuminò il letto e il volto di Marta, che aveva gli occhi sbarrati.

"Mia mamma..." continuò. "Io... avevo sedici anni. Un giorno, mentre stavo falciando il prato con mio padre, lei andò nel bosco che stava sopra il maso. In quel bosco ci si andava tutti i giorni, lo conoscevamo palmo a palmo..."

Paolo ora pendeva dalle sue labbra.

"Non ha mai più fatto ritorno. Non l'abbiamo più rivista."

"Santo Dio! E perché non me l'hai mai detto?"

"L'ho sempre tenuto per me, non è una disgrazia facile da raccontare... Ecco perché quando è scomparsa Tina io ho... ho..." e si mise a piangere.

Paolo si portò accanto a lei, le sollevò dolcemente il busto e la abbracciò sotto le coperte.

"Ma poi, tua madre?"

"Sparita nel nulla. In paese e in tutta la Val di Fassa circolavano strane voci..."

"Nessuno l'ha più vista? Nessuna traccia?"

"Nel tempo qualche cacciatore disse di averla intravista in mezzo alle foreste tra Fascia e Fodóm, vestita di stracci, ma erano solo chiacchiere di qualche ubriacone. Anche un giovane riferì di averla incontrata in una grotta sotto il Viel del Pan, ma quando i miei parenti andarono lì si resero conto che erano solo *tontolonade...*"

Il vento, sempre più forte, adesso era caldo e secco. Scendeva dal Pore.

Tacquero. Marta piangeva cercando invano di non farsi sentire, Paolo ascoltava il vento e rimuginava. Si udì il verso aspro e terrificante del barbagianni. Così forte che il rapace notturno sembrava fosse aggrappato al davanzale della finestra. Poi il vento cessò.

"Per fortuna che era meglio non farsi più domande, eh? Ora il favonio si è portato via anche il mio sonno," disse Paolo.

8.

Non erano ancora le sei quando si sentirono le campane della chiesa. Rintocchi lenti, gravi e ripetuti.

“Ci mancava questa,” esclamò Marta. “Suonano a morto!”

Aveva trascorso l’intera notte a girarsi e rigirarsi, senza mai riuscire a prendere sonno. Si fece il segno della croce e allungò una mano verso Paolo, assopito da poco. Gli batté piano sul petto finché lo svegliò.

Lui udì le campane prima ancora di aprire gli occhi.

Portò le mani al viso. “Oswald...” biascicò con la voce impastata dal sonno e il respiro strozzato dal senso di colpa. “Povero Oswald...”

Era ancora buio quando si tirarono su dal letto e scesero di sotto insieme alla figlia, che si era vestita in tutta fretta per andare col papà nella stalla a mungere le vacche. Lei teneva il secchio sotto le mammelle e con movimenti rapidi ma tremolanti di entrambe le mani lui lo riempiva di latte.

Tina sbirciava di soppiatto lo sguardo del papà, dall’altra parte del ventre della mucca. Aveva gli occhi lucidi.

“Tu lo sai chi è morto, *tati*?”

Lui si fermò un attimo, poi riprese la mungitura. Il pensiero dell’amico gli annebbiava la testa.

“Allora hai sentito anche tu le campane?” disse con la voce sfilacciata.

Tina fece sì con la testa.

"Il Masarei... Si era fatto male quando siamo..." si interruppe bruscamente.

Tina spalancò la bocca incredula.

"Oswald?" chiese.

Lui annuì. Poi cambiò tono, si fece brusco.

"Vai a cambiarti che devi andare a la *scòla*!"

Le prese il secchio dalle mani e continuò il lavoro da solo.

Tina si alzò, gli diede un bacio sulla guancia e uscì dalla stalla. Non sapeva niente di Oswald. Era come se intorno a lei fossero sorti dei segreti e dei silenzi che non riusciva a comprendere. Non sapeva se chiedere, aspettava sempre che le cose si mettessero a fuoco, ma era tutto inutile. Anzi, col passare delle ore le cose si facevano sempre più misteriose, come quella storia della sua sparizione e tutta quella assurda avventura dal prete.

Salì rapida, prese il quaderno, recuperò al volo un pezzo di pucia secca dalla dispensa e uscì di casa per recarsi di corsa alla *scòla* che stava giù in paese.

Era già dai tempi di Maria Teresa d'Austria che vi erano scuole in ogni angolo dell'Impero, compresa la Ladinia tirolese. Nel territorio di Livinallongo erano attive ben sette *Volksschule*, o scuole del popolo. Erano pluriclassi nelle quali si trovavano bambini di ogni età, ma ce n'era una per ogni minuscola frazione di Fodóm, compresa Larcionèi.

Corse in discesa, Tina, coi capelli neri che le sobbalzavano sulle spalle come le ali di una cornacchia. Ogni tanto, richiamata da un istinto insondabile, si voltava verso il monte Pore, la cui vetta si stagliava nella luce del primo mattino, poi tornava a correre forte. Correva e pensava che avrebbe ritrovato i suoi compagni, i bambini e le bambine del paese che non vedeva da qualche giorno.

Solo davanti a un assembramento nei pressi della chiesa si ricordò delle campane a morto. Alcune donne tenevano la testa avvolta in uno scialle nero, in segno di lutto, altre chiacchieravano tra loro mentre molti uomini stavano seduti intorno alla fontana gesticolando e confabulando animatamente.

Tina svicolò giù per una stradina dietro la *majòn* della famiglia Alfreider e poco dopo fu davanti all'ingresso della *scòla*. Non c'era nessuno. Tina si tolse le scarpe di cuoio, le mise vicine alle altre e, contandole, si rese conto che gli altri bambini erano già in aula. Tutti tranne lei. Da dentro proveniva un insolito silenzio. Attraversò il corridoio e raggiunse la porta dell'aula. Bussò, aprì e si affacciò timidamente. Con un'occhiata scrutò i suoi compagni di classe, seduti uno a fianco all'altro nelle tre file di banchi. Nessuno le sorrise, qualcuno si voltò dall'altra parte, qualcun altro guardò fuori dalla finestra per evitare di salutarla. La maestra Ulrike, magra e ossuta come un camoscio dopo un inverno carico di neve, la fissò. Era sempre vestita uguale, con una lunga gonna di feltro e un maglione di lana nera che solo a vederlo faceva venire prurito. Tina la guardò in silenzio, aspettando che fosse la donna a parlare per prima, poi guardò di nuovo i compagni di classe e infine ancora la maestra.

"Thaler! Sei in ritardo!" esclamò bruscamente questa.

"Mi scusi, signora maestra..."

Tra i mormorii che si alzarono tra i banchi, Tina vide Ida e Sylvia additarla e poi Angelino disse qualcosa che fece ridere tutti.

Ulrike alzò un dito e richiamò la classe. Ottenuto prontamente un silenzio assoluto, si rivolse a Tina.

"Il paese è in lutto," disse.

A metà mattinata Paolo aveva preso il fucile che nel frattempo aveva tenuto nascosto nella stanza delle mele ed era uscito di casa per far visita alla moglie dell'amico, Teresa, farle le condoglianze e restituirle l'arma.

Quando raggiunse la casa dei Masarei, vide la donna fuori dal tabià di famiglia. Con la pelle del viso tirata e uno scialle sulle spalle, stava prendendo dei ciocchi di faggio dalla catasta di legna appoggiata alla parete del fienile per caricarli su una grande gerla e portarli in casa.

Lui rimase fermo senza dire una parola, perché sapeva che in certe situazioni è meglio tacere.

Col fucile dell'amico tra le mani fece un passo in avanti verso di lei e si toccò nervosamente i baffi. La sua ombra giunse fino alla donna.

"Teresa," disse lui, piano.

Lei non rispose. Continuò a prendere la legna, un ciocco alla volta, e a caricarla nella gerla. Le sue mani erano ruvide e dure, come lassù lo erano quelle di ogni uomo e ogni donna. I suoi occhi sembravano spenti e colmi di malinconia come due genziane avvizzite dal primo gelo.

Lui si schiarì la voce, ma ne uscì un suono rotto.

"Mi dispiace tanto..."

Lei posò nella cesta il ciocco che aveva in mano e poi si fermò. Si voltò lentamente verso di lui. Sospirò.

In quel silenzio Paolo infilò quattro parole.

"Sono venuto per restituirlo." Le mostrò il fucile.

Lei gli puntò il dito contro e i suoi occhi si fecero piccoli e duri.

"Da quando tua figlia è scomparsa c'è una maledizione su tutto il paese, Thaler. Mio marito è in ospedale a Bressanone per colpa di tua figlia e... Non hai sentito che stanotte è morto il prete? E chi l'ha visto per l'ultima volta, eh?"

Paolo rimase attonito, fermo in piedi come il san Silvestro di legno che stava in chiesa.

"Cosa? È morto il pre..."

"Quel fucile te lo puoi tenere! Ormai è stregato. Vattene da qui!" La donna si fece il segno della croce, prese tra le mani altri due pezzi di legno e tornò al suo lavoro.

"È di Oswald, te lo voglio restituire!"

"È tuo. Né io né i miei figli vogliamo più saperne."

"Il sagrestano ha detto che la Tina è l'ultima persona che il prete ha visto prima di morire!" gridò Ferruccio alzandosi in piedi e puntando il dito contro Tina.

"È una *strìa*!" esclamò Leopoldo, consapevole di dare finalmente voce a quel che tutti stavano pensando.

La maestra Ulrike batté la cattedra con la verga di nocciolo.

"Basta!" sbraitò. "Silenzio!"

Incredula, Tina abbassò lo sguardo, poi di nascosto lanciò un'occhiataccia a Leopoldo, che si fece rosso in faccia.

"Comunque sia," disse la maestra, "la morte del sacerdote è una tragedia per tutta la comunità..."

I bambini ricominciarono a bisbigliare.

Quando Tina andò a prendere posto tra i banchi, tutti si agitarono come *pite* in presenza del *mader*, la temibile faina che nottetempo razzia le galline nei pollai. Si spingevano l'un l'altro con i fianchi e le spalle, bambini e bambine si stringevano e si spostavano come un corpo unico verso la finestra per evitare di farla sedere vicino a loro. Tina prese posto all'unica estremità rimasta libera lungo il primo banco.

La maestra indicò il crocifisso, appeso alla parete tra il ritratto di Francesco Giuseppe e la carta geografica del Tirolo.

"Preghiamo per l'anima di don Bruno," disse.

In quel momento si udirono dei passi in corridoio e subito dopo si presentarono sulla porta il *capocomùn* Ligio Holzer e il parroco di Pieve. La maestra uscì dall'aula e subito il mormorio divenne trambusto.

"Leopoldo ha ragione, sei una strega!" cominciò Ferdinando fissando Tina con aria di sfida.

Questa volta lei si alzò in piedi, ne aveva avuto abbastanza.

"*Macaron*! Cosa stai dicendo?" e gli mostrò il pugno.

Giuseppina si sporse con il busto verso di lei:

"L'è colpa tua se don Bruno l'è mort!".

Tina si sentì ribollire il sangue in testa. Si fece avanti per sfidarla.

Sylvia, Ida e Franco si diedero manforte e cominciarono a ripetere al suo indirizzo:

"*Strìa! Strìa! Strìa!*".

Giuseppe Pallabazzer la insultò e poi aggiunse:

"Lo sanno tutti che hai portato in paese una maledizione. Sei stata a letto col *diàol*!".

Con un balzo Tina si scaraventò su di lui, che era il più vicino, e gli sferrò un pugno sul naso. Giuseppe cadde a terra sanguinante e tutti cominciarono a gridare, chi di paura chi per incitare la rissa. Tina si attaccò ai capelli di Sylvia e cominciò a tirarli, allora Girolamo e Ida si gettarono su di lei, il primo la spinse a terra e la seconda le sputò in faccia. Tina si rialzò e tirò un calcio a Girolamo.

"Ma siete matti?" urlò la maestra rientrando in classe trafelata. La scena davanti ai suoi occhi era raccapricciante. Rimase a bocca aperta.

"È stata lei!" disse Ida indicando Katharina. Poi fece spallucce con l'aria innocente.

Tina si guardò intorno, la stavano fissando tutti. Abbassò gli occhi sulle sue mani. In una c'era il sangue di Giuseppe, nell'altra una ciocca di capelli di Sylvia.

Prima che la maestra Ulrike facesse esplodere su di lei la sua ira investendola come una valanga sul Col di Lana, Tina saltò su un banco, aprì una finestra e in un istante era sgattaiolata fuori dall'aula.

"Ferma! Dove scappi?" gridò la maestra affacciandosi sul cortile. Troppo tardi. Tina era già distante. Correva forte e risaliva i prati che stavano sopra la *Volksschule*.

"Torna qui!"

Ma la bambina era già sparita nel grande lariceto che sovrastava il paese.

9.

Non appena si sentì al sicuro, Tina si fermò. Non aveva più fiato. Con le mani appoggiate sulle ginocchia e il petto ansimante come una fisarmonica, si guardò intorno e si disse che la maestra non l'avrebbe mai inseguita fino a lì. Era accaduto tutto così in fretta che soltanto in quel momento si rese conto di essere scalza. Nonostante l'aria pungente di quel mattino, non sentiva alcun freddo. I raggi di sole percolavano i rami e le fronde dei larici e arrivavano obliqui sul volto e sui piedi di Tina. Si sedette su un ceppo e si prese qualche istante per ritrovare il respiro. Era finita in guai grossi, ma se i suoi compagni non fossero stati così cattivi e non l'avessero provocata, lei non avrebbe reagito in quel modo, ne era convinta. Si guardò la mano sporca e appiccicosa di sangue, le faceva male. Si disse che se l'erano cercata. Ma ora cosa avrebbe fatto?

"Ce l'hanno tutti con me, come se il prete l'avessi ammazzato io!" pensò. Prese un sasso da terra e lo scagliò giù, in direzione della scuola e di tutta Larcionèi. Il sasso colpì il terreno, rimbalzò su un tronco e finì nel groviglio di una pianta di corniolo, facendo svolazzare via un'averla.

Pensò che quell'uccello doveva sentirsi proprio come lei.

"Scusami, non volevo!" disse. "Almeno io so chiedere scusa..."

Quando recuperò del tutto il fiato pensò al disastro che aveva combinato. Provò compassione per i suoi genitori e si sentì colpevole di tutto: della morte del prete, della miseria nella quale vivevano, della pioggia infinita che aveva colpito la sua terra, di qualunque cosa.

"Sono io quella storta... Non ne faccio una giusta..." Si studiò i piedi, ricoperti di nuove abrasioni, sporchi di terra e bluastri a causa del freddo.

"Dove mi porterete, eh?" pensò mentre li guardava e cercava di scaldarseli al sole. Le tornarono in mente le parole del papà e della mamma che era riuscita ad ascoltare di nascosto, e poi quelle del povero don Bruno, la sera prima. Molte cose non le tornavano.

Intorno a lei si stavano risvegliando i suoni del bosco. Ebbe un brivido, ma non di freddo. Chiuse gli occhi, respirò a fondo. Il canto delle cince, degli zigoli e dei fringuelli riempì l'aria di una leggerezza per lei benefica. Si sentiva già meglio. Riaprì gli occhi. La foresta era incantevole. Si sentì parte di essa, come se fosse un albero, un animale, oppure una roccia, o ancora il muschio sul terreno. O tutto questo insieme. Perché la gente del paese era così difficile e scontrosa? Perché vedeva la natura come qualcosa di ostile?

Si alzò e cominciò a camminare lentamente, si spostava di qua e di là inseguendo il canto di una cincia che si trasferiva da un ramo all'altro. Era bello stare nel bosco, lontana da tutto e da tutti, senza un compito preciso, senza un lavoro da svolgere. Star lì e basta, insieme alle altre creature. Di tutte le stagioni, l'autunno era quella che le piaceva di più. Certo, l'estate coi suoi colori e le sue luci, i tramonti lunghi e il caldo sulla pelle brunita era meravigliosa, così come la neve in inverno e la fioritura della primavera, con il risveglio della natura. Ma l'autunno era la stagione più magica, quella in cui ogni cosa sembrava dipinta d'oro e arancio dalle mani invisibili dei *salvàns*. Durante l'estate di san Martino, nelle sue lunghe e fresche giornate di bel tempo, la luce aveva qualcosa di speciale, riverberava dai boschi, si rifletteva sulle pareti dolomitiche con uno splendore regale. Tutto in autunno era avvolto e ammantato da un incantesimo che rendeva la montagna una fiaba: i tramonti, i boschi variopinti, la limpidezza dell'aria, la quiete degli animali. Era anche il periodo dell'anno in cui *tati* ogni tanto trovava il tempo per portarla a fare qualche passeggiata, magari fino al Falzarego o al Giau.

Il verso dell'averla maggiore la riportò al presente. Porse l'orecchio verso l'alto, verso il Pore. Le parve di sentire una voce. Mise una mano dietro l'orecchio per ascoltare meglio. Una voce di donna, dal suono soave. Rimase in ascolto, ma invano.

"Me la sarò immaginata."

Rimase nel bosco finché il sole non salì sopra il monte Pelmo. Camminò un bel po', ma senza mai spostarsi di molto. Si sedette a lungo a fianco del Ru Pignazza ascoltando il rumore dell'acqua scrosciante che si riversava a valle e poi si accovacciò su un masso esposto al sole a scaldarsi i piedi e le ossa, immobile proprio come avrebbe fatto una lucertola in estate. Udì un rumore forte a poche decine di metri da lei. Sembrava che qualcuno stesse spezzando rami e ramaglie con le mani. Poi più forte: tac-tac-tratac-tra-tac-tac.

Tina si voltò di scatto e non vide nulla. Silenzio. Il suo sguardo rimase fermo e poi ancora quel rumore. Ecco che da dietro un larice comparve la sagoma di un *giàl zédron.* Nero, grosso, con la coda aperta a ruota e il collo teso, il piumaggio dai mille riflessi. Tina sorrise e lo osservò finché prese il volo tra gli alberi librandosi abilmente nonostante la stazza.

"Ciao, compagno mio!" lo salutò ridendo.

"Questo luogo mi difende, mi nasconde agli occhi cattivi della gente," pensò Tina.

Per qualche ora aveva dimenticato i suoi compagni, la maestra Ulrike, il paese, i suoi genitori. Tutto. Si era scordata delle sue paure, delle angosce, degli smarrimenti e di quel turbamento che la affliggeva da un paio di giorni. Aveva dimenticato l'ansia per le conseguenze che l'avrebbero attesa una volta rientrata.

Si era sentita libera, come se fosse stato il bosco stesso a chiamarla, portarla in salvo e offrirle asilo, accoglienza. Poi si rese conto che era ora di andare a casa per non peggiorare le cose. Tornò al torrente, si rinfrescò il viso, si lavò le mani e cominciò a scendere verso il paese con la sensazione di abbandonare un posto sicuro per rituffarsi nel pericolo.

10.

Marta stava impastando lo *schüttelbrot* per le due settimane successive. Il sole blando entrava dalla piccola finestra della *cesadafuoch* e il silenzio che si era impadronito della casa veniva interrotto ogni tanto dagli schiocchi della legna che ardeva nella stufa di ghisa. Guardava fuori e rigirava l'impasto con le mani infarinate, veloci e decise, quasi rabbiose. Nessuno l'avrebbe disturbata in quel lavoro, ma tutto la disturbava. Dubbi, misteri, paure e pregiudizi. Sopra ogni cosa questi ultimi preoccupavano Marta, ché quando si incide sul legno di una giovane pianta, quel segno rimane visibile anche sull'albero adulto, per sempre.

Impastava la farina di segale e guardava fuori, guardava fuori e impastava. Aspettava che suo marito tornasse dal paese. Si sentiva in colpa e sapeva che quel sentimento, per Paolo, era ancora più lacerante. Lavorò la biga, divise l'impasto in piccoli panetti e li depose su un canovaccio infarinato. Quindi li scosse con molta delicatezza e li posò su un asse di legno appiattendoli e ruotandoli in modo che diventassero larghi e sottili, pronti per essere infornati.

Capita che quando ci si apposti per aspettare qualcosa non accada proprio niente e poi basti girarsi un istante perché ciò che si era tanto atteso inutilmente ci appaia sotto il naso. Con la coda dell'occhio Marta notò una persona fuori dalla finestra. La maestra Ulrike.

Strofinò e sbatté le mani sulla falda tirolese per scrollarsi la farina di dosso e andò frettolosamente verso la porta d'ingresso. La aprì prima che la maestra vi bussasse e se la ritrovò davanti, ansimante e rossa in volto per via della salita che aveva percorso di fretta.

"Signora maestra!" esclamò sorpresa. Lo sguardo di Marta cadde sulle scarpe che Ulrike teneva in mano. Erano quelle di Tina.

"Dio mio!" esclamò. "Cos'è successo ancora?" Scese di corsa i quattro gradini di porfido per andarle incontro.

La maestra le porse le scarpe e tutto d'un fiato disse:

"Buongiorno, signora Thaler. Sua figlia Katharina ha malmenato due suoi compagni. Mi dispiace, ma la devo sospendere dalle lezioni per un mese. Queste sono le sue scarpe".

Le appoggiò per terra.

Marta inarcò le sopracciglia, incredula.

"Ha picchiato due compagni? Ma signora maestra, mia figlia non è mai stata manesca!"

"Mette in dubbio ciò che le dico, signora Thaler?"

"No, no, è che... Ma ora dov'è Katharina?"

"A dire il vero pensavo di trovarla qui, non è così?"

"No!" esclamò Marta. "Non dovrebbe essere con lei?"

"È scappata dalla finestra come una selvaggia..."

Marta si coprì il viso con le mani. Il cuore le batteva come sul terreno il becco di un merlo.

"Sono qui!"

Tina sbucò da dietro il muro della casa e andò incontro a sua madre.

Marta non sapeva se prenderla a schiaffi o abbracciarla. Alla fine le diede una sberla così forte che la piccola cadde a gambe all'aria. Si rialzò subito e alle spalle della maestra vide suo padre con un fucile in mano, che stava affrettando il passo verso di loro.

"Cosa succede?" gridò Paolo avvicinandosi.

Marta e Ulrike si voltarono verso di lui.

"Paolo, tua figlia l'ha combinata grossa!" esclamò Marta.

"Metta giù quel fucile, signor Thaler!" gridò la maestra spaventata.

Paolo posò il fucile sull'erba e gridò più forte di loro: "Ho chiesto cos'è successo!".

Tutti ora guardavano Tina che, con i piedi infangati e una guancia rossa, stette lì zitta e immobile, scrutandoli uno per volta e soffermandosi infine sulla maestra.

"Basta!" urlò disperata. "Cos'è successo da un giorno all'altro che intorno a me è cambiato tutto quanto? Cos'ho fatto di male? La maestra non c'era in classe quando mi hanno insultata tutti! Cosa farebbe lei se le dicessero che è una strega maledetta? Io non avevo fatto niente e loro hanno cominciato a offendermi dicendomi che sono una *strìa*, che se il prete è morto è solo colpa mia!"

Marta sbarrò gli occhi.

"Il prete è morto?" esclamò.

Paolo si passò una mano nei capelli. "Non era per Oswald, che hanno suonato le campane..."

Marta si sedette sui gradini.

La maestra continuò: "Io non so cosa ti abbiano detto, ma so cosa hai combinato tu!".

"Mi hanno detto che sono stata nel regno dei morti e sono andata a letto col *diàol*!" urlò la piccola. "Cosa avrebbe fatto al posto mio?"

Paolo la abbracciò. Guardò storto la maestra, i suoi occhi si fecero come mirtilli rossi.

"Cosa avrebbe fatto al suo posto, eh?"

La maestra disse soltanto: "Katharina, devo sospenderti per un mese!" sistemandosi il colletto ricamato della camicia.

Marta guardava il cielo e pregava. In pochi giorni il mondo era crollato con tutte le sue certezze e le sue verità.

Tina cominciò a piangere e rivolta alla maestra sospirò: "Sono io che non ci vengo più! Alla sua *scòla* non ci torno...".

Paolo si lisciò i baffi e le disse:

"E fai bene, *hostia*!".

La maestra batté un piede per terra. "*La stela no toma dalonz dal zuch*," disse. Poi lo ripeté piano anche in italiano: "La scheggia non cade lontana dal ceppo, eh? Bondì!"

e si voltò per scendere lungo la stradina bianca mentre uno stormo di cornacchie gracchiò forte e si sollevò dal prato antistante come se volesse aggredirla.

Paolo la guardò con pena e con quello sguardo la seguì fino a che non se ne andò.

"Papà, ma cosa ho fatto di male?" disse Tina con un singhiozzo. "Anche la signora Dorigo mi ha detto di non passare più vicino al suo orto altrimenti non vengono su i *sansoni*..."

Paolo si abbassò, le mise le mani sulle spalle e la guardò con dolcezza.

"Non preoccuparti, Tina. Se le patate dei Dorigo non crescono è perché la loro terra *no la è bona*."

Marta si rialzò. Guardò i piedi della figlia e le chiese:

"Ci mancava solo questa, Katharina... Sospesa fino all'Immacolata... E dove sei stata tutta la mattina?".

"Nascosta nel fieno del tabià, mamma."

Marta alzò un braccio come se volesse picchiarla di nuovo.

"Nel fieno non c'è fango, bugiarda! Vai in camera che poi ti do il resto!"

Ma Paolo trattenne a sé la figlia e lanciò un'occhiataccia alla moglie.

"Io invece le credo!" disse sapendo di mentire.

11.

I giorni passarono come vento tra le ruote del carro.

I Thaler si isolarono dalla comunità di Larcionèi e la comunità prese le distanze da loro.

Tina stava in casa ad aiutare la mamma nelle faccende domestiche, oppure nella stalla per badare alle vacche e alle capre, o nel pollaio, dove custodiva le *pite* e le loro preziose uova.

Quando era libera andava nel vecchio tabià a giocare nel tepore del fieno, da sola, rotolandosi o figurandosi di nuotare nei mari tropicali di cui aveva parlato in classe la maestra Ulrike. Chiudeva gli occhi e tratteneva il respiro sbracciandosi e immergendosi nel fieno tra immaginari pesci colorati. Poi si addormentava nel soffice abbraccio dell'erba secca e profumata. Era triste, si sentiva sbagliata, anche se non capiva perché e soprattutto non comprendeva dove e quando fossero nate tutte quelle fandonie su di lei. Anche se si sforzava, non ricordava nulla della notte dei morti. Da quel momento nessuno voleva più giocare con lei. Tutti tranne uno, Francesco Foppa, che ogni tanto raggiungeva la casa dei Thaler di nascosto e lanciava dei sassolini sulla finestra della camera di Tina. Le prime volte lo ignorò, memore di ciò che anche lui aveva detto in classe quel giorno, poi però la voglia di giocare con qualcuno fu più forte dell'orgoglio e così aveva preso a rispondere quando l'amico veniva a trovarla. Paolo e Marta lo sapevano, ed erano contenti, chi invece non doveva saperlo per niente erano i genitori di Francesco, i quali avevano detto peste e corna dei Thaler e della loro figlia *indemonié*.

Un pomeriggio, c'era ancora il sole sopra il Sasso Bianco, i due bambini si sedettero vicino al *Crist* a Col di Favè a riprendere fiato dopo una corsa in salita. Era un capitello posto alla fine del paese, lontano dalle case, dove era tradizione che durante le rogazioni la processione si fermasse a chiedere l'intercessione per un buon raccolto.

"E com'è che stai così tranquilla e serena sotto il capitello?" le chiese stupito.

"E come dovrei essere?"

Francesco la fissò negli occhi per un istante e poi guardò il Cristo, inchiodato alla sua croce.

Gli occhi di Tina lo attraevano come una bella nuvola estiva. Li trovava svegli, attenti e comprensivi. Gentili, ma pronti a diventare agguerriti. Insomma, quello sguardo gli piaceva.

"Non so..." bofonchiò lui. "Forse agitata, nervosa... Se è vero quello che dicono tutti in paese, allora vicino alle cose sacre dovresti dare di matto e invece non è così..."

"Anche tu con queste *tontolonade*? Ma si può sapere che cosa avete tutti?" sbuffò lei voltandosi dall'altra parte.

Pensò che il prete era morto nel momento sbagliato attirandole l'odio di tutti. Chiunque in paese sapeva che il suo cuore era debole e che era morto perché gli era venuto un colpo, eppure ce l'avevano con lei. Strinse i pugni e li appoggiò per terra, nascondendoli tra i ciuffi d'erba. Cominciava a dubitare che esistesse il diavolo e pure Dio... e iniziò a mettere in dubbio anche quel che ricordava. Si chiese se davvero fosse stata vittima di un incantesimo.

"Cosa avete contro di me?" ripeté stringendo i denti.

"Niente, io niente. Tanto più che ti vengo a cercare, no? A te piacciono gli animali, no? Anche a me piacciono tanto alcuni animali domestici e tra tutti i compagni di classe io e te siamo i soli. Certe bestie selvatiche però mi fanno paura.

Qualche notte fa ho sognato che un lupo mi mangiava nel letto."

Lei scoppiò a ridere. Poi piano piano si girò verso di lui e lo fissò, per capire se stesse dicendo veramente.

"Sei un fifone!"

"No che non lo sono!"

"Invece sì."

Dal bosco alle loro spalle si udì l'abbaio di un capriolo.

"Ti piace stare nel bosco?" chiese lei all'improvviso.

"A fare legna?"

"Macché fare legna! Stare nel bosco, così, ad ascoltare il vento tra le piante, i suoni e i versi degli animali, a camminare..."

Francesco la guardò strano.

"Nel bosco si va per lavorare, mica per camminare."

Una ghiandaia volò sulle loro teste imitando il verso dei corvi.

Tina sospirò, nessuno riusciva a capire il senso di pace che lei provava quando si immergeva nella natura, nel suo silenzio, la quiete che le trasmetteva.

"Allora è proprio vero che sei diventata strana..." disse lui con un mezzo sorriso.

"E allora è vero che sei come gli altri," ribatté lei.

"No, però mi devi credere quando ti dico che quella notte ti hanno cercata dappertutto. Masarei si è pure rotto una gamba per seguire le tue orme..."

Tina si incupì.

"Io non so cosa dire..." sospirò.

"Be', non dire niente allora. *Frega nìa* di quello che dicono, vengo a trovarti lo stesso."

"Quindi mi chiedi scusa per ciò che hai detto anche tu quel giorno?"

Francesco abbassò lo sguardo e annuì, poi cambiò rapidamente discorso:

"Lo sai che l'altro ieri è arrivato un prete nuovo? Viene dalla Val Gardena, si chiama Újop. Ha i capelli bianchi come la *nef*".

"E cosa dice?"

"Ieri a catechismo ha detto che tu dovresti andare a confessarti. Andare a messa non basta."

Tina prese un sassolino da terra e lo scagliò lontano.

"Che venga a trovarmi lui, se ne ha voglia. Io in chiesa non ci vado più!"

12.

Che fosse in salita o in discesa, correre era una delle cose che le piacevano di più, mai però quanto stare distesa su un prato a guardare il cielo. Durante l'estate, quando i suoi genitori dovevano lavorare dall'alba al tramonto nei campi, Tina passava tutto il tempo insieme a loro e, all'aria aperta, si sentiva come uno di quei balestrucci che garriscono attraversando il cielo a gran velocità.

Alla piantagione di canapa il suo lavoro consisteva nel pulire i campi dalle erbe infestanti tra una pianta e l'altra. Il suo compito di sradicare e diraspare le malerbe cominciava già durante la semina, nella tarda primavera, e poi continuava per tutta l'estate, ogni settimana, fino a che la canapa non veniva faticosamente raccolta a fine agosto tagliando gli steli a poco più di un metro di altezza. Dopodiché era legata in fasci ben stretti che venivano poi lasciati a terra sul campo affinché iniziassero a macerare sotto la rugiada notturna e le piogge fresche di fine estate. Era un lavoro duro e meticoloso, quello di Paolo e Marta, ma quando le stagioni andavano bene il guadagno era dignitoso, con la vendita alle industrie tessili che salivano dalla Val Gardena per accaparrarsi quel ben di dio che sarebbe stato poi stigliato, pettinato e infine trasformato in tessuti resistenti ma soprattutto in cordame. Anche quando Marta non ci andava perché doveva badare alla stalla, al pollaio e all'orto, Paolo portava sempre Tina con sé ai campi di canapa, sia quelli verso Cernadoi che quelli verso Colcuch e Tie, nonostante fossero molto lontani da casa. Oltre a *restél*, *zape*, *fauc* e *fourcie*, nella treggia trainata dalla manzetta caricavano anche *formài*, *pan*, *speck* e *lat de vacia* per la merenda e il pranzo, che facevano puntualmente quando il campanile più vicino suonava *mesdì.*

Allora si stendevano insieme e Paolo trovava sempre un motivo per sorridere e scherzare con lei. Quanto ridevano insieme, su quei prati, e quante confidenze si facevano. Per Tina lui era speciale, nessuno tra i suoi compagni o tra le sue compagne aveva un papà così buono e comprensivo.

"*Tati...*" gli disse dopo aver mangiato un pezzo di pane vecchio. Era sdraiata al suo fianco e guardava il cielo prima che lui riprendesse in mano gli attrezzi da lavoro.

"Ho una rabbia dentro... Da quando ce l'hanno tutti con me, mi verrebbe da rompere la testa a qualcuno, sai?"

Paolo tirò su col naso. "Hai fatto bene a dirmelo e ti capisco. È un momento, poi passerà, fidati."

Tina scrollò i capelli dagli occhi e lo guardò di profilo.

Paolo si alzò in piedi di scatto.

"Starei qui steso il pomeriggio intero ma *kon čacole no se fas cianapia*," esclamò.

Era proprio vero, con le chiacchiere non si fa la canapa.

Risero e le loro voci salirono fino alle cime delle montagne e poi fino al cielo, inseguite dai balestrucci.

13.

Il mese di novembre si assottigliò rapidamente, asciugando le ore di sole e gli ultimi tepori residui.

Così come gli orsi e le marmotte, anche i Thaler si ritirarono sempre più nella loro tana. L'ostilità dei compaesani non accennava a sciogliersi, e in più con l'arrivo dell'inverno c'era sempre meno da fare fuori casa. Eccezion fatta per la gestione della stalla e la sistemazione di qualche catasta di legna supplementare in caso di un inverno rigido alle porte, le altre mansioni che Paolo e Marta dovevano svolgere si potevano contare sulle dita di una mano. L'unico contatto con il resto di Larcionèi era la messa domenicale, ma per i Thaler questo significava solo scendere in chiesa al mattino presto, sedersi all'ultimo banco e uscire subito dopo la benedizione finale. Tra le famiglie che incontravano per strada prima e dopo la messa erano pochi quelli che li degnavano di un saluto fugace. Nemmeno il prete nuovo rivolse mai loro la parola. Solo una volta si avvicinò a Paolo per dirgli che la loro figlia avrebbe dovuto confessarsi prima del suo onomastico.

Paolo aveva sempre frequentato poco l'osteria del paese, luogo dove gli uomini di Larcionèi si ritrovavano al pomeriggio o alla sera, soprattutto in quei mesi lenti, e da quando il clima intorno alla sua famiglia era cambiato non ci aveva messo proprio più piede. Aveva preso però l'abitudine di passarci davanti e drizzare le orecchie, per sapere che voci giravano in paese. Il mistero della piccola Katharina Thaler era ancora un tema che circolava nell'osteria, aveva constatato con rammarico. In cuor suo sperava ancora che la gente si dimenticasse dell'accaduto, come cercava di fare anche lui. Un altro argomento aveva preso a occupare i discorsi degli uomini: l'urgenza di intensificare la caccia ai numerosi lupi e orsi che infestavano le montagne intorno al paese. Solo quella settimana erano stati uccisi dieci lupi tra La Plìe, Col d'Ornella e Rucavà. Paolo era convinto che i suoi compaesani avessero tutte le ragioni del mondo a dar loro la caccia, anche se lui non aveva mai usato armi. Un pomeriggio, era già buio da un pezzo, si recò dal calzolaio per far risuolare uno scarpone. Prima di tornare a casa passò davanti alla porta della taverna e sentì che le voci erano più concitate del solito. Si appoggiò al muro tra le finestre e origliò le chiacchiere che uscivano dalle bocche degli avventori insieme al fumo di tabacco trinciato. Ascoltava, Paolo, e riconosceva a una a una le voci degli uomini presenti. Vito Alfreider, Lucio Palla, Klaudio Costa, Sisto Pedraces e molti altri. C'era chi imprecava giocando a carte, chi tossiva, chi alzava i toni preso dall'ebbrezza del brombol o del mugo, ma in fondo tutti parlavano delle solite cose. D'istinto Paolo frugò nel taschino del giaccone per tirar fuori la sua pipa, ma la sua pipa non c'era più da un pezzo.

Sospirò e si mise le mani in tasca, la tentazione di entrare sempre più forte. Il vecchio Senoner parlava dei lupi come figli del diavolo e diceva che andavano sterminati tutti quanti perché presto si sarebbero avvicinati al paese e avrebbero mangiato i bambini. Giuseppe Pallua aggiunse che per gli orsi valeva lo stesso discorso e che, fatalità, gli avvistamenti dei predatori selvatici attorno al paese si erano moltiplicati proprio dopo la scomparsa e la ricomparsa della piccola *strìa*. Paolo strinse i pugni dentro le tasche. Le voci all'interno della taverna si fecero sempre più agitate e cominciarono a sovrapporsi, e quel soprannome veniva pronunciato in continuazione. Diede un calcio al muro, contò fino a tre e poi aprì la porta.

Quando i presenti lo videro entrare, tacquero all'istante.

Molti si girarono dall'altra parte, qualcun altro abbassò lo sguardo. Il fumo di pipa e sigarette addensato nell'ambiente sembrava una coltre di nebbia sospesa a mezz'aria. Si udì qualche colpo di tosse. Senoner si schiarì la voce più volte.

"*Bonasera a dut!*" disse Paolo portandosi lentamente di fronte a Lezuo, l'oste che non parlava mai, rubicondo e orbo da un occhio.

Paolo si lisciò i baffi e posò due *heller* sul bancone.

"*Garnéte*!" disse.

Lezuo nel silenzio generale servì un bicchierino di liquore ai mirtilli neri a Thaler, il quale lo afferrò e lo guardò per bene.

Una voce si levò dai tavoli più lontani, nascosti dal fumo. Paolo la riconobbe al volo per la sua asprezza, era quella di Tito Grones.

"Che ci fai da queste parti, Thaler?"

Paolo trangugiò il liquore e poi disse:

"Quel che è successo è successo, ma io vi dico soltanto una cosa. Tra qualche giorno mia figlia farà ritorno a scuola. Se sento con le mie orecchie o se vengo a sapere da lei che qualcuno tra voi o tra i vostri figli la chiamerà ancora *strìa*, quel qualcuno sappia che dovrà fare i conti con me".

Fu il vecchio Senoner, seduto vicino all'ingresso con la gamba stesa in avanti e le labbra più vibranti che mai, a prendere la parola.

"Thaler!" disse perentorio. "Non si può sfuggire al proprio destino, *boña balàr kome ke i sona*."

Paolo posò il bicchiere vuoto sul bancone e gli si avvicinò fino a che i suoi occhi non furono a pochi centimetri dalle labbra tremolanti del vecchio.

"*Vegia marmòta*," gli disse con la voce decisa. "Bisogna ballare secondo la musica, dici? È così? Allora sappi che se il destino è contro mia figlia, peggio per lui! Dovete smetterla una buona volta con queste fesserie, si è trattato solo di *desdita*, di sfortuna, mia figlia è una bambina normale. Io posso anche sopportare, ma Tina è sempre stata allegra e socievole e da un mese nessuno le parla, le state rovinando la vita, vergognatevi!"

Il vecchio tacque e ritrasse la gamba malmessa. Dentro l'osteria tornò un silenzio di piombo.

Paolo guardò furente uno per uno i compaesani che erano stati suoi amici, poi uscì sbattendo la porta.

Risalendo la stradina che portava al maso si ripeteva di aver fatto bene a dire ciò che pensava.

Il giorno seguente Tina andò dal prete come promesso e don Űjop la ricevette in chiesa. Era un uomo pallido, e i suoi occhi sembravano velati da una grande malinconia. La accolse con gentilezza e le chiese come si chiamava.

"Thaler. Katharina Thaler, ma tutti mi chiamano Tina."

"Lo so, lo so. Domani è il 25 novembre, santa Katharina, lo sai?"

"Eccome!" e recitò a memoria il detto: "*Santa Katharina taca la vaca a la ciajera. Tachela ben, tachela mal, mancia permò n mes al dì de Nadàl*".

"Va bene, va bene," tagliò corto lui sorridendo. "Ma lo sai chi è o no?"

"Mi hanno chiamata così per Katharina Lanz," disse la bambina.

"Lascia stare quella donna!" esclamò con tono più serio. "Io parlo della santa. *Santa* Katharina! Conosci la sua storia?"

"No..."

"È stata una grande martire cristiana. Originaria di Alessandria d'Egitto, venne fatta torturare da Massimino per mezzo di una ruota dentata che fece strazio del suo corpo... Salvata però da un miracolo, venne successivamente decapitata."

A Tina parve che il parroco si emozionasse mentre pronunciava quelle parole violente.

"Ma quindi non mi devo confessare?" le uscì senza pensare.

Il prete si ricompose, della storia di santa Katharina aveva raccontato abbastanza.

Quando entrarono nel confessionale, Tina si schiarì la voce e poi trovò il coraggio di dire:

"Padre, anche i miei compagni si sono confessati? Tutti ce l'hanno con me e mi dicono che sono una *strìa da mont!*".

Il parroco sospirò.

"Sono accaduti dei fatti misteriosi, Tina, e sulla tua anima si è adagiata un'ombra... Questa è la verità."

"Io questa ombra non la vedo. Mi sembra tutto normale, com'è fatta?"

"È difficile da spiegare, diciamo che è una specie di peccato."

"Allora questa ombra ce l'hanno tante persone, se è un peccato. Sapesse come bestemmiano i miei compagni! Perfino il sacrestano. L'ho sentito dire una cosa tremenda sulla Madonna..."

Il parroco aprì la grata del confessionale, la scrutò bene e dopo un istante la riprese con veemenza.

"Katharina!"

"Io non ho fatto niente, perché dovrei avere addosso l'ombra?"

"Le domande le faccio io. Ricordati che sei al cospetto di Dio!"

"Anche lei, padre! Anche lei!"

L'uomo la benedì in fretta e furia e le ordinò di recitare dieci pater. Quindi la mandò via con la netta sensazione che in lei vi fosse effettivamente qualcosa di strano.

Tina uscì dalla chiesa pensando che ancora una volta non aveva ottenuto risposte, quelle preghiere le sembravano un altro castigo, eppure lei aveva detto solo la verità! Mentre rimuginava tra sé e sé sulla via del ritorno fiutò l'aria con il naso all'insù e capì che stava per succedere qualcosa di bello. Il profumo era quello delle nevicate e infatti dopo qualche istante scesero dal cielo i primi fiocchi della stagione. Tina si dimenticò subito dei dieci pater perché la *nef a panejei* era la sua nevicata preferita, quella delle fiabe, soffice e leggera come piume d'oca. Sorrise come non faceva da tempo. I fiocchi scendevano verso i suoi occhi e poi si aprivano a raggiera intorno alla sua persona. Tirò fuori la lingua e ne assaporò qualcuno: sapeva di nuvole bianche e cielo infinito. Nevicò per ore e il giorno dopo, quello del suo onomastico, Larcionèi era ammantata da una coltre immacolata e intatta. Tetti di case e fienili, prati, alberi dei boschi, tutto sembrava appartenere a un mondo diverso.

14.

Tra le festività di san Nicolò e l'Immacolata, Tina poté finalmente rientrare in classe. Le era mancato tantissimo stare con gli altri bambini, era contenta di rivederli, però temeva che di fronte ad altre offese non sarebbe mai e poi mai riuscita a trattenersi.

"Devi controllarti, non dar retta a tutto quello che dicono gli altri!" le ripeté ancora una volta suo padre mentre lei usciva di casa. Tina annuì, poco convinta. Marta la guardò severa e le disse:

"Vedi di non metterti ancora nei guai, altrimenti a casa ne prendi il doppio, capito?".

Tina li salutò e si involò sulla stradina che conduceva al paese.

Quando varcò la porta della *scòla* ed entrò nell'aula pluriclasse insieme a quasi tutti i bambini di Larcionèi, il suo cuore le sembrò un piccolo *cadino* del torrente in mezzo al quale viene lanciata una grossa pietra. Le lasciarono posto in un angolo, vicino alla porta di ingresso. Nel brusìo generale qualcuno la indicò, qualcun altro ridacchiò. Sembrava non fosse cambiato niente.

Sylvia sussurrò qualcosa nell'orecchio di Ida, la quale riferì il messaggio nell'orecchio di Girolamo. Francesco fece finta di non vederla, riempì il calamaio con l'inchiostro che il papà di Ernesto Dorigo procurava a tutti. Lo estraeva dalle galle delle querce e delle conifere con l'ausilio di *baz-*

zon, *sgorbia* e *palota*, così come dai larici estraeva la preziosa trementina. Tina portò lo sguardo fuori dalla finestra, dove il sole stava iniziando a rischiarare le montagne intorno. Se Francesco faceva finta di non vederla, Otto invece la guardò eccome. La fissò malamente, poi le fece uno sberleffo e le mostrò le corna. Lei fece finta di niente e fissò la porta.

In quel momento entrò la maestra e tutti si alzarono in piedi come soldati passati in rassegna dal generale. Ulrike era vestita e pettinata come sempre, attenta ai minimi dettagli, tanto che Tina si chiedeva se conciata in quel modo andasse anche a dormire.

Richiamò il silenzio e fece rapidamente l'appello. Quando toccò a Tina la maestra la squadrò dalla testa ai piedi per qualche secondo ma non disse nulla, nemmeno: "Bentornata!".

Dopo aver recitato la preghiera e l'invocazione a Dio affinché proteggesse l'Imperatore, la maestra inforcò gli occhiali sul naso e con tono solenne disse:

"Cari ragazzi, qui in Tirolo siamo fortunati e viviamo in pace, ma dovete sapere che non è così in tutte le parti dell'Impero".

I bambini ammutolirono e si misero in ascolto.

"La pace di Bucarest firmata quest'estate dopo le guerre balcaniche ha rafforzato il nazionalismo della Serbia e questo è motivo di grande preoccupazione per Vienna. In Europa vi sono tensioni crescenti..."

In quell'istante a Tina sembrò di udire nuovamente quella voce femminile che la chiamava dal bosco. Si voltò di scatto verso la finestra. Nulla, se non il viso di Francesco che la stava guardando a sua volta. Imbarazzato, colpì il calamaio con il gomito schizzandosi la faccia con l'inchiostro.

Tina scoppiò a ridere e con lei gli altri.

La signorina Ulrike serrò le labbra come due *sbréghe* di peccio una sopra l'altra, batté forte la verga di nocciolo sulla cattedra e gridò:

"Silenzio! Silenzio!".

La risata fragorosa dei ragazzi si spense all'istante. Rivolta a Francesco disse:

"Vai a prendere l'acqua e pulisci tutto!".

Mentre Francesco, con la faccia tutta sporca d'inchiostro, si alzava e usciva dal banco, la maestra si concentrò su Tina.

"Quanto a te, non ridere mai più di un tuo compagno, intesi?"

Tina abbassò la testa e si guardò i piedi, che si muovevano come se volessero correre via da lì.

Quando fu ristabilito l'ordine, Agnese alzò la mano timidamente.

"Signorina Maestra, vuol dire che ci sarà la guerra?"

Ulrike sorrise.

"No, Agnese. Non ci sarà nessuna guerra perché l'Imperatore saprà risolvere ogni questione, e poi la guerra è una cosa del passato, oramai gli uomini sono civilizzati e la nostra società è altamente progredita."

"Mi scusi, maestra," intervenne Guglielmo Pellegrini, tutto capelli rossi e lentiggini. "Ma se ci sarà una guerra mio papà dovrà andare a fare il soldato?"

"E il mio?" chiese Ida.

"In caso di conflitto gli uomini dell'Impero devono rendersi utili, ma come vi ho detto non vi sarà alcuna guerra, statene certi."

Anche Tina alzò la mano, ma la maestra fece finta di non vederla. Nel frattempo Francesco era rientrato in classe con un panno bagnato e si era sciacquato il viso. Tina continuò ad agitare la mano finché la maestra dovette darle la parola.

"Mi scusi maestra, ma mio papà dice che noi non siamo né italiani né austriaci, ma ladini. E allora se siamo sempre stati ladini, perché dobbiamo combattere per l'Austria-Ungheria?"

La maestra la guardò con aria di rimprovero.

"Un Impero è grande, e perciò è composto da molte nazioni, molte lingue e molte culture. Noi siamo ladino-tirolesi e in quanto tali saremo sempre fedeli all'Imperatore d'Austria. Anche se non parliamo *todèsc*."

Nessuno osò più alzare la mano.

"E comunque sia," riprese la maestra per chiudere un

discorso che per quanto la riguardava aveva preso una brutta piega, “non ci sarà alcuna guerra con nessuno, tanto meno contro il Regno d’Italia perché è nostro alleato nella Triplice Alleanza. I vostri padri continueranno a fare i contadini di montagna qui a Larcionèi. Preoccupatevi piuttosto dei lupi che stanno infestando le nostre montagne e che di questo passo finiranno per mangiarci tutti quanti! Questo sì che è un problema che ci tocca da vicino. Altro che la guerra!”

Augusto Freinademetz ululò in un orecchio di Celestina, spaventandola.

“Silenzio!” gridò la maestra.

Carlo Finazzer alzò la mano.

“Ma-maestra!” disse balbettando per l’emozione. “Mio-mio nonno dice che i lupi sono terribili, spa-spaventosi e che se andiamo nel bosco ci mangiano vivi.”

“Bisogna ucciderli tutti!” esclamò Floriano.

Si levò un applauso e la maestra sorrise compiaciuta, prima di riportarli alla calma.

“Lo dice anche mio papà,” intervenne Tina senza alzare la mano. “Però io non ho mai sentito di un lupo che ha ucciso un uomo.”

La maestra si abbassò gli occhiali sulla punta del naso e la guardò stranita.

“Anch’io...” disse timidamente Francesco. La maestra si voltò verso di lui con uno scatto.

“Cioè... Sì, be’... Anch’io non l’ho mai sentito.”

Sylvia e Ida spalancarono gli occhi, e si misero a fissare quelli della maestra.

15.

Paolo e Marta passarono l'inverno chiusi in casa, tra una nevicata e l'altra, coltivando ancora la speranza che tutte le cose storte si potessero raddrizzare. Solo nelle belle giornate di sole salivano nel bosco per prelevare la legna dalle cataste preparate nella buona stagione e riportarla indietro con la treggia. Quella volta non ci sarebbe stato un pieno carico, così non sarebbe servita una vacca per trainare la grande slitta con i pattini.

Tra marito e moglie qualcosa era cambiato, come quando in un cielo sereno una nuvola si ferma proprio davanti al sole e sulla terra colori e luci non sono più quelli di un attimo prima.

L'incidente di Tina e poi la rivelazione di Marta su sua madre. Perché non gliel'aveva mai detto? si chiedeva Paolo. Perché gliene aveva parlato adesso? Si sentiva la mente infestata dagli spettri.

Marta e Paolo avevano provato a parlare di quei fatti misteriosi tentando di capirci qualcosa, farsi delle idee, ragionare, poi però i loro animi si erano incupiti. Avevano iniziato a vedere qualcosa di diverso nel comportamento di Tina, fino a non saper più distinguere tra la propria suggestione e la realtà, e allora avevano finito per silenziare ogni dubbio, tacitare ogni domanda, nascondere ogni sguardo che potesse anche lontanamente riportare a quel fatto inspiegabile. Entrambi sapevano che per loro nella comunità di Larcionèi nulla sarebbe più tornato come prima, ed entrambi erano intimamente consci del fatto che in fondo era meglio non far luce su quel mistero.

Per il bene della famiglia la cosa più sicura era non parlarne, evitare di affrontarlo, dissimulare ogni sospetto, ogni parola o sguardo equivoco per evitare che, come accadeva in marzo sui versanti delle loro montagne, un impercettibile sommovimento potesse scatenare la potenza di una valanga distruttiva. Dopotutto la bambina stava bene e questo era ciò che contava.

Ed ecco che allora, piano piano, fecero come due pernici che a ridosso dell'inverno, piuma dopo piuma e penna dopo penna, assumono gradualmente l'abito invernale, ritrovandosi sotto altre sembianze senza nemmeno essersene accorte.

Pochi giorni dopo san Nicolò, un mattino di cielo terso riuscì a mettere Paolo di buon umore. Ne approfittò per uscire con Tina, il sole forte riverberava sulla neve accecando la vista. Si avviarono insieme nel bosco per prendere un po' di legna quando lei avvertì ancora quella voce che sembrava chiamarla per nome, e poi una musica dolce e ammaliante, così come le era successo altre volte nelle settimane precedenti. Lì per lì Paolo non ci fece caso, ma quando vide la figlia immobile che guardava la cima del Pore, si preoccupò.

"Di nuovo?" le chiese trainando la treggia ancora vuota.

Lei si destò di colpo.

"Di nuovo cosa, papà?"

"Ti sei incantata guardando il Pore. Ti succede spesso. Credi che non me ne accorga?"

"Non è vero!" disse lei.

"Sì che è vero..."

Il suo sguardo si fece serio e sembrò che tutti i suoi cattivi pensieri si fossero annidati tra le rughe della fronte.

Tina avrebbe voluto parlare di quella voce, dire la verità, ma non ci riuscì. Era stata sul punto di farlo anche nelle settimane precedenti. Ma aveva paura della reazione dei genitori, temeva di farli star male, ancora più male, sempre più male. Di chi mai poteva essere quella voce? Di una persona morta?

Pensava che custodire quel segreto senza condividerlo con nessuno, nemmeno con suo papà, che era la persona di cui si fidava ciecamente, l'avrebbe messa al riparo da nuovi guai. E così lo nascose ancora più dentro il suo cuore.

"Papà, guardavo la neve che si alza in cielo portata dal vento." Indicò la cima del monte.

"Questa non è mica una novità," tagliò corto lui riprendendo il lavoro. "Mentre nuovo è il modo in cui guardi boschi e montagne... Io e tua mamma ce ne siamo accorti, sai? E succede da quella sera, la sera dei *mòrč*..."

Poi nessuno aggiunse una parola finché scesero al maso fendendo con la treggia i prati immacolati, coi cristalli di neve che luccicavano con milioni di riflessi.

"E se fossi davvero una strega?" pensava Tina mentre tornava verso casa con suo papà, gli occhi bassi sul sentiero. Quando fu sola nella sua stanza, stese le braccia, aprì le mani e le guardò con attenzione come per cercare di scoprire qualcosa sotto la pelle.

"Se tutti lo dicono e lo pensano, qualcosa di vero ci sarà..."

I giorni passarono lenti e sempre più bui fino a santa Lucia.

Tina in classe non era più la stessa di prima. Tra i compagni nessuno la offendeva o la chiamava strega, però tutti la emarginavano tenendola fuori dai giochi. La maestra Ulrike dal canto suo non faceva nulla per integrarla e anzi, sembrava non volerla trattare come gli altri. Mai un sorriso, mai una parola affettuosa, mai un complimento nemmeno quando Tina dimostrava di conoscere a memoria la storia e la geografia dell'Impero austro-ungarico. Anche Francesco quando era a scuola la ignorava.

"Perché quando vieni a trovarmi sei sempre simpatico e invece qui non vuoi mai giocare con me?" gli chiese un giorno, durante la ricreazione.

Francesco abbassò lo sguardo, arrossì e disse:

"È perché sei femmina. Se gioco con te poi mi prendono tutti in giro, soprattutto Giorgio Dellandrea...".

"Dimmi la verità, parlano ancora male di me, vero? Mi chiamano ancora *strìa*, non è così?"

"Io no!"

A lei Francesco piaceva, però quel suo doppio comportamento la faceva soffrire. In più, quando la neve si faceva alta sul monte, Francesco non si fidava a lasciare le sue impronte fino al maso Thaler, e allora smise di andare a giocare con lei. Tina si ritrovò sola. Quando non svolgeva le sue mansioni domestiche, usciva. Più il tempo passava, e più avvertiva un irrefrenabile desiderio di stare fuori, all'aria aperta, tra i silenzi degli uomini e i suoni della natura. Era come se i suoi pensieri e i suoi sentimenti fluissero meglio quando era fuori. Mentre a casa o a scuola, con un soffitto sulla testa, alla lunga si sentiva soffocare.

Per essere felice e ritrovare se stessa aveva bisogno di sentire il vento che le soffiava sul naso e non vedere che il cielo sopra di sé.

16.

Di sera lei e i suoi genitori stavano nella *stua*. Parole e silenzi si alternavano davanti al tepore del *fornèl* che ardeva senza mai stancarsi. Quando Marta era di buon umore, mentre lavorava a maglia o all'uncinetto, insegnava a Tina le tradizioni natalizie ladine e preparava con lei i *grafògn*, i dolci fritti con la confettura di mirtilli, o ancora le raccontava le vecchie leggende dolomitiche. A Tina piacevano molto, soprattutto quella di *re Laurin*, oppure *Le Salvan de Juvèl* e *Le lech de Ergobando*. Quando invece non ne aveva voglia, Marta si ritirava in silenzio nelle sue paure e allora il suo sguardo si faceva grigio, contrito. Paolo invece, privatosi del piacere della pipa, passava la sera a intagliare piccoli oggetti di legno che ricavava da qualche ciocco di larice. Gli piaceva scolpire gli orsi. I primi che aveva fatto erano così brutti e spigolosi che aveva finito per gettarli nella stufa.

"Meglio cinque minuti di calore in più che un oggetto inutile sul davanzale," diceva ridendo.

Poi però era migliorato al punto che non sapeva mai quale tenere e quale no. I più belli erano quelli elevati sulle zampe posteriori.

"Sono così belli, *tati*!" diceva Tina. "Io non credo che siano cattivi come si dice, e lo penso anche dei lupi."

"Per il momento, Tina. Per il momento. Ma sono bestie pericolose... Soprattutto i lupi: sono pericolosi perché possono attaccare gli animali da allevamento, e se l'inverno è molto rigido, e hanno più difficoltà a cacciare nel bosco, possono avvicinarsi ai paesi. In branco sono spietati."

Tina salì sulla panca che stava intorno alla stufa e appoggiò i gomiti sull'imbotte della finestra. Fuori faceva molto freddo e il vetro sottile era fiorito di ghiaccio. I ghirigori avevano assunto forme meravigliose lungo tutti i bordi della finestra. Udì il gufo bubolare diverse volte e le sembrò che la chiamasse fuori per avere un po' di compagnia.

"Come fanno gli animali a non avere mai freddo nemmeno durante le notti d'inverno?" si chiese. Già, la notte. A scuola aveva sentito dire che da qualche sera nei pressi del cimitero più di una persona aveva visto delle luci azzurrine che si muovevano, salivano intorno al campanile e poi scendevano per entrare una alla volta in chiesa. Gliel'aveva detto anche Francesco. Fuori da scuola le aveva confidato che sua madre le chiamava *lüm*. Secondo lei erano le fiammelle delle anime del purgatorio, *les püres animes*, guidate da una fiamma più grande e accesa che era certamente l'anima di don Bruno. Tina puntò gli occhi in direzione della chiesetta, giù in fondo. Mentre Marta lavorava a maglia pregando e Paolo lavorava a un nuovo intaglio in legno di cirmolo, lei si concentrò e fissò lo sguardo sul campanile ricoperto di neve. La luna era così alta e piena che il paesaggio notturno sembrava illuminato a giorno. Si vedevano chiaramente le creste delle montagne, e le singole case, e le stradine scintillanti di perle e d'argento.

Per Tina non c'era nulla di strano in quelle chiacchiere. Era convinta che ci fosse un legame tra i vivi e i morti, così come tra uomini e animali e tra animali e piante, e torrenti e rocce e nuvole. Per lei ogni piccolo particolare del Creato, così comc lo chiamavano i preti, aveva uno spirito, un'anima.

"Io non ho paura," si disse guardando la luna che irraggiava il suo piccolo paese. "Qui invece ce l'hanno tutti. Hanno paura del vento, della pioggia, della neve. Hanno paura degli animali, della foresta, delle anime delle persone morte. Hanno paura degli spiriti della terra e dell'aria. Paura di ciò che vedono intorno a loro e di ciò che non vedono, come le cose che sono descritte nei racconti e nelle leggende. Io ho solo paura di loro, della gente."

Rimase lì un po', in attesa del *lüm*, ma non successe nulla e allora scese dalla panca sbadigliando e spostandosi i capelli neri dagli occhi.

"Mamma!" disse.

Marta interruppe le preghiere e la guardò.

"Perché io non ho fratelli e sorelle come gli altri?"

Marta si girò verso suo marito, che continuò a lavorare al pezzo di legno che teneva tra le mani.

Marta smise di sferruzzare. "Perché Dio ha voluto così."

Paolo finalmente posò gli attrezzi. "Quando Dio ti ha vista," disse, "ha pensato che meglio di così non si poteva fare e allora si è fermato. E comunque sia... Ho una sorpresa per te!" Si soffiò via di dosso gli ultimi trucioli di segatura e le mostrò la scultura che aveva appena finito: un piccolo e profumatissimo angioletto.

Il viso della bambina si accese di gioia e i suoi occhi si assottigliarono per lasciare spazio al sorriso. Gli corse incontro, lo baciò e prese l'angelo dalle sue mani.

"È bellissimo!"

17.

Oswald Masarei tornò a casa. I medici a Bressanone avevano dovuto amputargli la gamba ma almeno gli avevano salvato la vita. L'uomo ricevette le visite di tutti, ma non volle vedere nessuno dei Thaler.

L'Avvento natalizio fu particolarmente nevoso, in quel dicembre del 1913, e i lupi, sempre più affamati e in difficoltà a inseguire le prede tra tutta quella neve, si avvicinarono al paese. Ogni notte a Larcionèi si sentivano provenire dai boschi i loro ululati, che lenti si stringevano intorno alle case fino a quando le bestie si facevano vedere per le vie in cerca di cibo facile. Insieme ai loro ululati, si sentivano anche gli spari dei cacciatori, che il mattino seguente esibivano i cadaveri delle prede appesi a testa in giù lungo una palizzata posta all'imbocco della Strada de la Vena.

In quell'inverno lungo, lento e carico di neve, Tina giocò molto tempo da sola. E se anche i suoi genitori la ammonivano a non allontanarsi da casa, lei lo faceva comunque. Avrebbe voluto incontrarlo un lupo o un orso, per dimostrare che non attaccano l'uomo se non vengono minacciati. Era un'attrazione forte e misteriosa, la sua. Accadeva spesso che con una scusa si allontanasse dal maso e si portasse oltre i margini del bosco. Rimaneva lì, al freddo, accovacciata tra la neve, cercando di mimetizzarsi. Ascoltava i canti degli uccelli, affamati ma pazienti e fiduciosi in una nuova primavera. Ogni tanto le pareva di sentire ancora quella voce di donna, e quei suoni ammalianti che la richiamavano verso il monte Pore. Respirava a pieni polmoni i lunghi tramonti rosa e azzurri. Osservava le orme e le fatte degli animali sulla neve e si immaginava di seguirle fin dove l'avrebbero condotta. Nella foresta non ci si annoiava mai e la solitudine era meno pesante. Sua mamma lo sapeva, e per quanto poteva la osservava attenta, e qualche volta andava a cercarla nel bosco.

"Mamma..." le chiese una sera nella *stua* mentre giocava con il suo angioletto di cirmolo. "Ti ricordi che voce aveva la nonna?"

Marta si immobilizzò. Il mestolo che teneva in mano cadde sul pavimento.

Seconda parte

1.

Tina se ne stava stesa sulle propaggini occidentali del monte Pore, su un prato che digradava dolcemente verso la vallata di Fodóm. Con il viso e il petto rivolti al cielo, allargò le braccia come se volesse tenere sempre con sé il sole che splendeva sulle Dolomiti e le scaldava la pelle delle braccia e del viso.

Sollevando leggermente la testa poteva vedere la Marmolada tutta innevata e sopra di sé rondini, rondoni e balestrucci che volavano intrecciando traiettorie e virate senza mai scontrarsi. Nessuna nuvola come sfondo, solo un celeste profondo nel quale riecheggiava il verso dello sparviero, alla spasmodica ricerca di arvicole o *soricies* da ghermire.

Intrecciato ai suoni della natura c'era quello ritmato della falce di suo papà, che faceva fieno scandendo il tempo meglio di un campanile. Appoggiata sui gomiti, la testa tra le mani, lo guardò mentre lavorava. Gli fece ciao con la mano.

Poi si mise in ascolto del vento che le soffiava tra i capelli. Ogni volta le sembrava che volesse dirle qualcosa o portarla in un altro mondo, altrove.

Si ridestò improvvisamente con il richiamo ripetuto della poiana che volteggiava sopra la Forzèla. Aprì gli occhi e *tati* non c'era più. Nessun rumore ritmato della falce, nessun sorriso, niente di niente. Tina era sola, le sue mani stanche e indurite. Accanto a sé c'erano la zappa che lei aveva da poco usato per diraspare le malerbe e il *restèl* col quale aveva raccolto in fila il *fén*.

Si mise seduta con un nodo in gola. Il cielo adesso era attraversato da strisce di nuvole appiattite come licheni bianchi sulle rocce delle Tofane.

Con l'arrivo del 1914 era giunta anche la guerra, e all'inizio dell'estate Paolo era stato chiamato al fronte. La stagione del grande risveglio della vita nella natura, per Tina si era trasformata in un incubo.

Ficcò una mano nella tasca del grembiule e vi frugò alla ricerca dell'angioletto di legno. Lo portò al naso e respirò profondamente. Ogni volta, oltre alla fragranza di cirmolo, le sembrava di sentire il profumo della pelle di suo papà. Le mancava così tanto che a volte le si strozzava lo stomaco. Aveva lavorato duramente ed era stanca. Raccolse gli attrezzi, guardò un'ultima volta la piantagione di canapa e si incamminò verso casa attraversando il Triòl dei mòrč, l'antico sentiero dei morti che da Colle Santa Lucia si snodava tra foreste e pascoli del Pore fino ad Arabba.

Sui tronchi dei larici ai lati del sentiero si rincorrevano una *schirata* rossa e una nera. Con le loro unghie grattavano le cortecce e prendendo la rincorsa saltavano da un albero all'altro come se volessero farle strada e non lasciarla mai sola. Raggiunta una radura, Tina si fermò e portò l'orecchio verso il Lares de la Freina, un larice plurisecolare che si ergeva maestoso nel mezzo di un pascolo scosceso. Le sembrò di udire qualcosa. Si concentrò e fissò la cima del monte, sopra di sé. Era ancora quella voce di donna. Mai però l'aveva udita così chiaramente. Tina ebbe un brivido e il *restèl* le cadde di mano. Nella testa le frullavano un sacco di domande misteriose eppure nessuna paura. Attese, ma non udì più nulla se non il suono del vento tra le fronde dei larici e il più lontano scroscio del Ru Pignazza. Si disse che era proprio vero quello che raccontavano le leggende e che ripetevano tutti i vecchi, e cioè che il Pore era una montagna misteriosa e molto più magica delle altre. Non godeva della bellezza che avevano le

Dolomiti che le stavano intorno come una preziosa corona, ma quel vulcano leggendario serbava un fascino antico. Tina proseguì e giunse al torrente. Si fermò per raccogliere e mangiare gemme di frassino. Attraversò il corso d'acqua e riprese il cammino fino a quando giunse a pochi minuti da Larcionèi. Mentre proseguiva, una raffica di vento portò al naso della bambina il fetore insopportabile che proveniva dalla grande fossa comune che i vecchi del paese avevano scavato nella boscaglia sottostante per far sparire i cadaveri degli ultimi lupi e degli ultimi orsi ancora rimasti su quelle montagne. Un senso di nausea le strinse lo stomaco. Serrò il naso e la bocca e affrettò il passo pensando a quelle povere bestie gettate lì come monito per i pochi sopravvissuti tra i loro simili. Era la prima volta che si imbatteva in quel luogo. Si sentì mancare le forze e si accovacciò a terra, poi si inginocchiò senza riuscire a trattenere le lacrime. Avvertì la forte presenza della morte. Cominciò a piangere a dirotto.

Quando finalmente giunse in prossimità del paese, da lontano Tina intravide il vecchio Sisto Pedraces e Oswald Masarei fermi davanti al Crist de Tràve che stava a lato del sentiero.

Erano di spalle e non si accorsero di lei. Confabulavano senza fretta all'ombra del capitello e del grande acero alpino che tutti conoscevano come *vègio aier*. Pedraces era appoggiato con la schiena sullo steccato grigio e ricoperto di licheni, Masarei invece era seduto sulla panchina dall'altra parte del *triòl* e teneva entrambe le braccia appoggiate alle enormi stampelle grazie alle quali poteva ancora muoversi per il paese. Tina li raggiunse e sentì che parlavano di guerra e dell'Imperatore Francesco Giuseppe.

"In tutta Fodóm siamo rimasti pochi," disse Masarei girando e rigirando il piede della stampella sul terreno. "Ma son convinto che la guerra durerà poco, presto torneranno tutti a casa."

"Non si può mai dire," rispose il vecchio. Fece una pausa e continuò: "Questa *maledizión l'è iniziada* l'autunno scorso con quella piccola diavolessa che è meglio non nominare...".

In quel momento i due sentirono i passi di Tina avanzare sul sentiero e si voltarono insieme. Pedraces si fece il segno della croce. Convinto di non farsi sentire da lei bisbigliò:

"*Kan ke se deskòr de la strìa, la rua*".

Masarei abbassò la testa per evitare di incrociare gli occhi di Tina.

Lei passò tra i due e senza degnarli di uno sguardo disse forte:

"*A tirà màsa la korda, se krepa!*".

In paese erano rimasti solo donne, bambini, vecchi e qualche paralitico. A differenza di Tina però, la maggior parte dei suoi compagni bighellonava quasi tutto il tempo poiché ai campi ci pensavano i loro fratelli maggiori oppure perché le attività della famiglia erano giù a valle e il loro sostentamento non dipendeva dal raccolto, così che la guerra, tra le altre cose, aveva finito per aumentare ancor di più le differenze tra poveri cristi e chi se l'era sempre cavata bene. Tra le vie del paese Francesco, Girolamo, Richard, Ida e Celestina giocavano a *sciscurè* facendo rotolare le biglie dalla fontana al centro della piazza giù fino alla chiesa. Scorsero Tina quando era ancora lontana. Sul suo volto, abbrustolito dal sole, risaltavano i grandi occhi con le sclere bianchissime. Teneva i capelli sciolti, sempre più lunghi e sempre più neri, il grembiule blu sporco di terra ed erba e sulle spalle portava zappa, rastrello e piccone.

"La Tina! La Tina!" gridò Girolamo.

Fuggirono tutti in una direzione diversa.

Nel cielo le rondini garrivano a più non posso per rincorrere gli ultimi insetti prima del tramonto. Il cielo, anche se sporcato da nuvole alte e sottili, si stava tingendo di rosso e arancio, e sulle pareti del Sella e del Civetta l'*enrosadira* stava dando vita al suo quotidiano spettacolo.

Se in pochi mesi negli occhi di Tina la luce si era spenta perdendo allegria e brillantezza, in quelli di Marta si vedeva tutta la profonda tristezza e la malinconia di una donna sola che si aggrappava a fatica a una vita misera e infausta. Il volto sempre più ossuto e smunto, due ciocche bianche tra i capelli, la schiena irrigidita e piegata in avanti come se dovesse raccogliere erbe in continuazione.

Indicò la stalla.

"Mi aiuti con la *zuma da lat*?"

Tina fece segno di sì e insieme andarono a sollevare il bidone pieno di latte appena munto. Una parte era destinata a fare *smàuz*, un'altra *formài* e un'altra ancora a rimanere *lat*.

Ripulirono la stalla in silenzio, poi raccolsero alcune verdure dall'orto, presero della legna dalla catasta ed entrarono in casa mentre un paio di caprioli, col manto fulvo dell'estate, si erano messi a brucare l'erba del prato proprio lì davanti.

Un'ora dopo, con i colori rosa e turchesi del vespro che entravano dalla finestra ammorbidendo la tensione sui loro volti, erano sedute a tavola una di fronte all'altra. Sui loro piatti patate, crescione e formaggio fresco.

"Com'è andata la giornata?" cominciò Tina, con l'urgenza di rompere quella coltre malinconica che ultimamente scendeva tra loro.

"Come al solito," rispose Marta, senza alzare gli occhi dal piatto.

"Vedrai che papà torna presto."

Il tentativo di consolarla ebbe l'effetto contrario. Marta alzò finalmente il viso verso la figlia, non piangeva ma gli occhi erano pieni di lacrime ricacciate giù chissà quante volte.

"Lo sai da quanto tempo non parlo con qualcuno?" La voce le usciva tremolante, ma resisteva, Marta. Non doveva crollare, mostrarsi vulnerabile di fronte a Tina.

"Nessuna donna è venuta a farmi visita in tutti questi mesi..." deglutì e la sua espressione si fece infine di pietra.

Aveva imparato a non aspettarsi niente dalle comari del paese, e quando ne parlava finiva sempre per mandarle tutte al diavolo, anche quelle che nonostante tutto le erano un po' più vicine. Però ora che non c'era Paolo al suo fianco, quella maniera ormai abituale delle donne di darle le spalle che conosceva da anni tornava a pesarle più che mai. Tina continuava a guardare i due caprioli fuori dalla finestra. Provava invidia per quelle creature. La loro libertà, la loro vita selvatica, l'apparente spensieratezza, ma soprattutto la fortuna di essere esclusi dal mondo degli uomini, da quella che a scuola la maestra chiamava "civiltà" ma che per lei era una parola che nascondeva soltanto violenze, ingiustizie, avidità. E guerra.

"In paese continuano a prendermi in giro, sai?" sussurrò seguitando a guardare fuori. "Mi evitano e insistono col chiamarmi *strìa*... Anzi, le cose sono peggiorate, mamma. Chissà cosa si saranno inventati ancora, su di me."

Marta allungò una mano sopra il tavolo e le diede una leggera carezza.

"Le malelingue non riposano mai, Katharina, e alle voci cattive se ne aggiungono sempre altre. *Ki ke konta, zónta!*"

2.

Il 18 agosto di ogni anno già dal 1848 in tutta l'Austria si celebrava il *Kaisertag*, il compleanno di Francesco Giuseppe. Anche a Larcionèi, come in tutti i villaggi grandi e piccoli del Tirolo, i festeggiamenti iniziavano la vigilia. Si esibiva una piccola banda musicale, i cacciatori facevano il tiro a segno, le donne preparavano i caratteristici *zìgher* con il latte caprino inacidito e portavano un grembiule nero e un fazzoletto giallo al collo, i colori asburgici, e i bambini scorrazzavano ovunque come codirossi.

Nel 1914 non fu così. La chiamata alle armi dei maschi di Fodóm aveva lasciato una traccia cupa in tutte le vallate, e quell'anno non vi fu alcun festeggiamento, persino le scuole erano rimaste chiuse. Soltanto il parroco, in chiesa, all'inizio della messa invitò i fedeli a offrire preghiere per il "natalizio di Sua Maestà l'Augustissimo Imperatore Nostro".

Tina si svegliò presto e come sempre si recò subito alle piantagioni di canapa. Oltre a strappare le erbacce, ora doveva sobbarcarsi anche gli altri compiti. La giornata era bella e nel cielo le nuvole galleggiavano alla stessa altezza come ciocche di cotone appoggiate su un piano di vetro. Nella sua solitudine, Tina lavorò per ore china a terra, ascoltando i versi del fringuello, dello zigolo, della tordela. Una coppia di poiane svolazzava sopra di lei in lunghe e lente spirali, e le sembrava che il loro grido fosse rivolto proprio a lei. Quando lavorava nei campi non faceva che pensare a suo papà, si chiedeva dove lo avessero mandato, in che condizioni si trovasse.

"Ci vuole un bel coraggio a festeggiare il compleanno dell'Imperatore..."

Una giovane volpe sbucò all'improvviso dal folto dei lunghi steli e Tina se la ritrovò di fronte, a pochi passi dal naso. Sorprese, rimasero ambedue immobili per qualche istante. Tina sorrise e le disse:

"Rubi il pranzo alle poiane, eh?".

La volpe, per nulla intimorita, si sedette sulle zampe posteriori e cominciò a leccarsi una zampetta. Guardò Tina un'altra volta e poi, tranquilla come si era presentata, scomparve di nuovo tra le piante.

Quelle che al mattino erano nuvole del bel tempo, col passare delle ore si trasformarono in nuvoloni neri e nel tardo pomeriggio a Larcionèi fu chiaro a tutti che si stava preparando un grosso temporale. Per le vie del paese non c'era nessuno e perfino all'osteria non v'era traccia dei pochi uomini rimasti in patria. Quel giorno Marta si era dedicata all'orto, dove si era imbattuta in una grossa e minacciosa vipera, subito uccisa a bastonate e gettata sul formicaio nel bosco dietro casa per ricavare dalle sue vertebre una corona da rosario, e poi allo *stalòt*, dove i lavori da fare sembravano non finire mai. Pulire lo stallatico, portar dentro le vacche per la notte, mungerle, raccogliere il latte, strigliare le bestie. Rientrata dai campi, Tina si era occupata del pollaio e dell'avena da battere ripetutamente nel fienile con il correggiato. Il temporale era avanzato lentamente da dietro il Sella durante tutta la giornata. All'ora del tramonto, tutto il cielo sopra Fodóm si coprì di nubi tetre e pesanti e il vento cominciò a piegare i cimali delle aghifoglie, facendo volare ramaglie, stròbili e aghi di pino. Quando Marta e Tina si sedettero a tavola per la cena, si videro i primi bagliori lontani e qualche secondo dopo si udì il brontolio rotolante dei tuoni, il cui riverbero riecheggiava tra le pareti delle montagne.

"Speriamo che non faccia tempesta, se viene la *granijola* possiamo buttare via tutto il raccolto," disse la donna con un tono mesto. Uscì dalla *cesadafuoch* con il pentolone bollente tra le mani, servì la *menestra* nelle scodelle di entrambe, vi mise dentro qualche tocchetto di vecchia pucia e si sedette di fronte alla figlia facendosi il segno della croce e afferrando *el cazuòl*, il cucchiaio.

Tina guardò fuori dalla finestra, il cielo era diventato così viola e livido che sembrava notte anzitempo. Anche lei pensava a tutta la fatica che aveva fatto nei campi e sperò che non grandinasse. Spostò lo sguardo al Cristo appeso all'angolo della stube. Dopo tutto quello che era successo alla sua famiglia negli ultimi mesi pensò che forse era il caso che fosse lui a dover pregare per lei e sua madre, e non il contrario. Mangiarono lentamente, senza dirsi niente. Ogni cucchiaiata di minestra, una cosa taciuta. Ogni sguardo nella scodella, un confronto evitato. Cose mai dette, pensieri tenuti nascosti, stati d'animo mai condivisi.

I lampi illuminavano per pochi istanti le pareti della stube e i volti di madre e figlia facendo risaltare le occhiaie e la fronte sempre corrucciata, i tratti ossuti, gli occhi spenti della prima; la malinconia e il fascino selvatico della seconda.

La donna posò gli occhi sul ritratto di Cecco Beppe e si fermò. Dalla vecchia foto appesa al muro, l'Imperatore Francesco Giuseppe sembrava deriderla, coi baffi a manubrio e lo sguardo fiero di chi non conosce altra rispettabilità all'infuori della propria. Marta si alzò, lo prese e lo gettò nella stufa, rimanendo a osservarlo mentre ardeva lento con la cornice e tutto il resto.

"Fino al giorno di sant'Ulrico, appena un mese fa, tutti *namorades* del kaiser, e ora sotto i vestiti indossiamo gli scapolari della Madonna del Carmine. L'Imperatore non sa come si vive qui, non sa nulla di noi, nemmeno che lingua parliamo, eppure lui, dai suoi palazzi di Vienna ha deciso di portarci via i mariti, i padri per farli morire si sa *nia olà.* Ci ha rubato la speranza, che già ne era rimasta ben poca..."

"*Tati* tornerà!" esclamò Tina sbattendo *el cazuòl* sul tavolo. Marta squadrò la figlia. Il suo sguardo era inespressivo, perso, vuoto, sembrava oltrepassare il corpo di Tina. Con un tono quasi profetico disse:

"*Coi sanč, coi mòrč y col destin no se fe damàt. No se scherze! Astu capì Katharina?*".

Poi appoggiò lentamente la testa sul tavolo e scoppiò a piangere.

Tina la raggiunse. Si sedette al suo fianco e le accarezzò la testa, come non faceva mai. Marta alzò il volto, si asciugò le lacrime che le solcavano le guance. La donna prese la mano della figlia e la tenne dolcemente nelle sue.

"Con me la vita è sempre stata dura, Katharina. Più dura che mai. E pare che nemmeno adesso *la sel vol* ammorbidire..."

Tina tirò su col naso e si spostò i capelli dalla fronte. I suoi occhi lucidi si aprirono come un fiore sui pascoli dopo la pioggia.

"Della tua vita non mi hai mai raccontato niente, *oma*."

Non l'aveva mai chiamata così, con quel nomignolo ladino pieno d'affetto che tutti gli altri bambini usavano abitualmente per le proprie madri.

Marta tacque un istante. Si fece improvvisamente seria, come se la figlia si fosse permessa una confidenza di troppo. Poi disse:

"Nemmeno tu mi hai mai detto niente di te e dei tuoi segreti, Katharina".

"Ma io non ho segreti!"

"Come no..." le rispose la mamma.

Marta si alzò, recuperò le scodelle e i cucchiai.

Intanto il maltempo si era portato sopra il monte Pore e si preparava a scendere a valle con tutta la sua furia. In pochi istanti giunsero i primi lampi, che si scagliarono nei boschi intorno al paese, seguiti dai tuoni, i cui boati facevano volare l'immaginazione di Tina ai fragorosi scoppi delle mine e delle bombe della guerra.

"Katharina, tutti abbiamo dei segreti. Ma devi sapere che nella vita prima o poi il passato torna a farci visita, e allora è bene farsi trovare pronti."

3.

Durante la notte la sua mente fu presa d'assalto da sogni portentosi e febbrili. Vide una processione di morti che usciva dal bosco per bussare al maso di famiglia. Battevano insistentemente al portone e volevano entrare a tutti i costi. Erano pallidi, con le ossa in vista ma tutti vestiti come il giorno della festa di san Martino. Bussavano così forte che tutta la casa tremava e scricchiolava, perfino il *taflà*, il tavolato di abete posato sul pavimento dello *stangòrt* dove dormiva lei.

"Siamo venuti a prendere la signorina Thaler!" gridava uno di loro.

"Si deve maritare con noi!"

Tina sudava e tremava nel sonno. Poi la processione scomparve, si dissolse nella sua testa come una nevicata di maggio.

Nei suoi sogni apparvero allora scenari di guerra, uomini straziati dal dolore e altri con atroci ferite, scheletri sparpagliati ovunque, ognuno con una divisa diversa, e poi corpi riversi a terra sventrati, dissanguati e con gli arti amputati. E in mezzo a questa tragedia, Cecco Beppe. Seduto su un ammasso di cadaveri, rideva mentre fumava un enorme sigaro.

Poi, di colpo, si ritrovò scalza in un bosco, carico del silenzio umano e di pace. Il cinguettio delle cince, del verzellino e del tordo bottaccio la circondavano. Un'aria fresca e profumata di piante, resina di abete e muschi passiti la inebriavano.

Ecco che oltre la selva scorse un prato fiorito, pieno di papaveri rossi, e un lungo sentiero che conduceva a esso. Sembrava un luogo attraente, pieno di luce e tepore, ricco di grazia. Tina ci si incamminò ma si fermò di colpo quando la udì di nuovo. Eccola, era sempre quella voce di donna, proveniva da laggiù, dalla radura indorata dal sole e dal tappeto di papaveri in fiore.

La sua voce stavolta era più nitida, e la chiamava a sé. Tina la sentì bene. In fondo al prato intravide una vecchia signora, misteriosa e affascinante, vestita come un tempo, alla maniera fassana.

"Piccola Tina..." la chiamò. "Vieni, non temere..."

Adesso nel suo letto Tina dormiva tranquillamente e in sogno cercò di riconoscere finalmente il volto della donna. Avanzò lungo il sentiero, godendo dei suoni e dei profumi del bosco, ma proprio quando raggiunse il prato, la donna scomparve.

4.

Si risvegliò confusa e ansante. Le sembrava che la testa, sprofondata sul cuscino di piume, pesasse quanto il Pelmo. Nelle orecchie risuonava quella voce. Ancora. Dalla finestra entrava luce, era ormai mattino. Tina fu travolta da un dubbio: "E se fosse la voce della Tsicùta?".

Si alzò e si vestì in tutta fretta, scese le scale e correndo uscì verso il *fistil*. Trattenne il respiro e immerse il viso nell'acqua gelida per qualche secondo. Quando lo tirò fuori vide sua madre. Era seria e teneva una zappa appoggiata sulla spalla destra. Dietro di lei il sole riversava la luce chiara del primo mattino su tutta la vallata.

"Devi sistemare la stalla!" le disse senza nemmeno passare per il "bon dì". Poi si girò e si incamminò ricurva, con aria afflitta.

Quando Tina annuì, sua madre era già nell'orto. Immerse nuovamente il viso nell'acqua del *fistìl* e contò fino a dieci. Si sentì meglio, come se l'acqua fredda che proveniva dal torrente Ruàz avesse spazzato via la pesantezza degli incubi notturni. Solo allora si accorse del verde cangiante che dominava il paesaggio intorno a sé. Si asciugò il volto con gli avambracci e respirò a fondo. Osservò sua madre china sul crescione e la lattuga e provò compassione per lei, come l'avrebbe provata per un vecchio larice colpito e sbregato in due da un fulmine impietoso. D'istinto Tina si girò verso la cima verde e nera del Pore, ricoperta di giovani erbe alpine, assenzio e antico magma vulcanico. Provò ancora quella sorta di turbamento, qualcosa di simile al senso di colpa per quella stregoneria che pensava di portarsi addosso.

In quell'istante dal paese di sotto si levarono gli echi di alcune grida di festa. Tina corse fino alla collinetta, dalla quale si poteva vedere in un colpo d'occhio tutta Larcionèi.

Sulla piazza del paese, uno dietro l'altro, c'erano il vecchio Costa e Guido Dorigo, che non era partito per la guerra in quanto sordomuto. Tenevano legati e appesi a una lunga asta i cadaveri di due lupi. Intorno a loro continuavano ad aggiungersi donne e vecchi festanti e bambini curiosi che giravano intorno ai malcapitati animali tirando loro la coda e sbeffeggiandoli. I due uomini si avvicinarono alla fontana, posarono a terra il lungo bastone coi due lupi e tutti quelli intorno li applaudirono.

"Li hanno presi nel bosco sopra Reciavà. Io ho anche sentito gli spari."

Tina si voltò di scatto. Era Francesco. Stava seduto sul prato con un filo d'erba tra le labbra e un secchio accanto.

"E tu cosa ci fai qui?" esclamò la bambina.

"Passavo di qua. Sono andato sul Pore a raccogliere *les brodoles* per fare il mugo." Sollevò il secchio carico di pigne chiuse e resinose.

"Se ti vedono con me ti sgridano o dicono che sei amico della *strìa.*"

Francesco sbadigliò e si stese sul prato. Aveva la pelle del viso e delle braccia tutta strisciata e graffiata dai rami dei baranci.

"Non mi vede nessuno," disse con tranquillità. "Anzi, sai cosa ti dico? Che questa vecchia storia mi ha stufato!... Eppoi sei l'unica con cui mi piace veramente stare a parlare. Gli altri parlano solo della guerra e della caccia ai lupi."

Tina si voltò e gli fece un sorriso beffardo.

"Bugiardo!"

"È come ho detto, te lo giuro!" esclamò lui alzandosi in piedi di scatto. Poi continuò:

"Anche se quando corriamo sei lenta come una *sgnèch*...".

"Lumaca io? Lo sai che corro più forte di te, ti batto ogni volta!"

Francesco sputò il filo d'erba, indicò il Pore e la sfidò.

"Al cinque fino al Triòl dei mòrč!"

"Fatta!"

Con una mano Francesco strinse forte il secchio e contò:

"Uno... due..." e prima di dire tre partì di corsa in salita passando accanto all'orto dei Thaler.

"*'mbroiòn*!" esclamò Tina, e lo inseguì sull'erba ancora bagnata dopo la pioggia della sera prima.

Marta li vide sfrecciare sul prato come caprioli.

"Katharina!" gridò. "La stalla!"

Li seguì con lo sguardo finché scomparvero alla sua vista e, mentre scuoteva la testa, le scappò un sorriso.

"*Ko l'amizizia l'a è masa čauda la se sfreda*," pensò. In queste cose ci vedeva lungo: quando l'amicizia è troppo calda, è destinata a raffreddarsi. D'improvviso alcune cornacchie si sollevarono con rumore dal prato sottostante.

Insospettita, sbirciò verso il paese. Vide quattro donne che insieme risalivano la stradina che conduceva proprio a casa sua. Seppe immediatamente che non era un bel segno.

5.

Tina raggiunse il Triòl dei mòrč ansimando forte. Si sedette sulla sommità di un masso levigato dalla pioggia e dal vento. Si guardò intorno mentre riprendeva fiato e notò alcune piccole nuvole appoggiate sopra le vette rocciose delle montagne. Sembravano palle di neve infilzate sulle punte di uno steccato. Un paio di rondoni alpini attraversò il cielo del mattino e poi scese in picchiata sfiorandole la testa.

Francesco arrivò con la bocca aperta, in cerca d'aria. Tina scoppiò a ridere.

"Non vale, sei partita prima!" disse lui con il fiatone.

Lei rise ancora più forte.

"Hai perso tutte le pigne del mugo, *sgnèch*!"

Francesco sbatté il secchio per terra con un gesto di stizza. Poi scoppiò a ridere insieme a lei e si arrampicò sul masso sedendosi al suo fianco. Rimasero ad ascoltare i suoni del bosco alle loro spalle e a guardare l'erta vallata di Fodóm di sotto, attorniata da montagne tanto belle quanto inaccessibili.

Tina faceva penzolare le gambe nel vuoto e ogni tanto batteva i calcagni sul masso per scrollare il fango che si era attaccato alle suole.

Francesco tirò su col naso e disse:

"Ci avevano detto che non ci sarebbe stata la guerra e invece...".

Tina si passò una mano tra i capelli che non aveva più

voluto tagliare. Li lasciava sempre sciolti nonostante sua madre le ordinasse di farsi la treccia. Senza voltarsi verso di lui rispose:

"Gli uomini sono buoni a niente, ma capaci di tutto".

Francesco annuì.

Tina stavolta lo guardò e sorrise. "Anche tu diventerai un uomo, lo sai?"

"Ma io sono diverso dagli altri."

"Questo lo vedremo..."

Lui le fece la linguaccia.

"Francesco..." gli domandò. "Credi che tuo papà tornerà presto dal fronte?"

Il bambino tirò un lungo sospiro.

"Dicono tutti che sarà così... Ma non è che mi manca tanto, sai Tina? Me le suonava ogni giorno, come fanno tutti. Solo il tuo è diverso, da quel che mi dici. Ecco perché lo ammiro. Non ha bisogno di picchiarti per farti capire qualcosa."

Avvertirono un rumore alle loro spalle, come di passi pesanti sulla lettiera del bosco, con legni e rami che si spezzavano. Subito dopo udirono due voci umane, allora scesero velocemente dal grande masso e si nascosero sbirciando incuriositi.

Stretti uno vicino all'altra, videro un uomo e una donna uscire dal lariceto. Riconobbero il macellaio Plank, che non era partito per la guerra in quanto zoppo, e la signora Conz, il cui marito invece al fronte ci era andato eccome. Erano allegri, e uscendo dal bosco lei si stava risistemando i capelli e lui i pantaloni. Tina e Francesco si guardarono stupiti, a bocca aperta.

"Pensavi di essere l'unica ad avere dei segreti nel bosco?"

"Segreti io? Ancora con questa storia?"

"Shhht! Stai zitta che ci scoprono... Aspettiamo che se ne vadano..." bisbigliò Francesco.

Tina si mise una mano davanti alla bocca per non mettersi a ridere.

La signora Conz continuava a ridacchiare, e mentre Plank con un pettine si risistemava capelli e baffi, lei lo abbracciava e gli dava delle piccole spinte con il fianco per fargli perdere l'equilibrio e spettinarlo di nuovo. Alla fine si diedero un piccolo bacio e se ne andarono per sentieri distinti che conducevano a valle, verso il paese.

Quando si furono allontanati, i due ragazzini ricominciarono a parlare.

"Hai capito, quei due!" esclamò Francesco.

"E pensare che proprio la Conz ha detto a mia madre che io nascondo qualcosa!" disse Tina. "Mi verrebbe voglia di dirlo a tutto il paese."

"Guai a te! Poi ce la farebbe pagare."

"Dopo quello che abbiamo scoperto noi su di loro ti pare che possano farci qualcosa?"

Francesco la fissò negli occhi.

"Allora non capisci!" disse. "A noi nessuno crederebbe mai, ma a loro tutti darebbero retta. Per chiunque tu ormai sei una *strìa*!"

E sgattaiolò via. Tina rimase sola, nascosta dietro il grande masso riscaldato dal sole e con la luce del mattino che baciava la sua pelle bruna.

Quando anche lei ridiscese verso casa, ad accoglierla sull'uscio trovò sua madre che la aspettava immobile come la statua della vergine Maria posta sull'altare della chiesa. Lo sguardo di Marta era inespressivo e ruvido come la scorza di un *melèster*. Non appena Tina le fu vicina, la colpì con una sberla che le fece girare la testa.

"Dove sei stata tutto questo tempo?" esclamò storcendo la bocca.

Prima che Tina potesse rispondere, ancora dolorante per il colpo ricevuto, Marta alzò un braccio e indicò la porta sotto il tabià.

"La stalla!"

Con il palmo della mano incollato alla guancia, Tina bofonchiò:

"Scusa mamma..." e si incamminò verso il tabià.

Marta non le rivolse la parola per il resto della mattinata, né parlò ad alta voce con sé stessa, come era solita fare da qualche tempo, da quando Paolo era stato spedito al fronte.

Soltanto a *mesdì*, davanti a un *tòco* di pucia di segale indurita e una misera *pénnola de formài*, Marta tracimò:

"Al peggio non c'è mai fine..."

Lo disse lasciando in sospeso la frase e Tina capì che quelle parole non erano che l'inizio di un discorso. Abbassò lo sguardo sulla tavola, poi sul formaggio che aveva nel piatto, in attesa.

"Ida Detomas vuole riprendersi i campi."

Tina rialzò la testa. Non capiva.

"I campi?" chiese con voce sottile.

Marta batté un pugno sul tavolo.

"I campi di canapa!" esclamò. "Quali campi sennò?"

Poi si calmò e chiuse gli occhi per qualche istante, per riprendere il filo.

"Non sono mai stati nostri, i Detomas ce li danno in affitto."

"Io-io non lo sapevo," balbettò Tina.

Marta andò a prendere la brocca che aveva riempito al *fistìl*. Tornò a sedersi, con un piglio meno livoroso e più rassegnato.

"Ora lo sai. Ci sono tante cose che non sai..."

Tina trovò il coraggio di dire:

"Ma non può farlo, ne abbiamo bisogno, ancor di più ora che il papà è via!".

"Anche suo marito è *via*. Infatti non li rivuole subito, ma intanto me l'ha fatto capire, sai com'è. La guerra inizia ma non si sa né come né quando finisce, Katharina... E avere un campo da coltivare dà più sicurezza che ricevere un misero affitto in *heller*. Le monete non si mangiano, ma i *sansoni* sì."

"Vedrai che tutto si risolve, mamma..." provò a dire Tina senza troppa convinzione.

Marta fissò il crocifisso sulla parete.

"Come no!" disse sarcastica. Poi sospirò. "È salita qui stamattina insieme alla vedova Crepaz, alla Edvige e alla Franca. Con la scorta di befane è venuta, quella vigliacca!

Non è stata capace nemmeno di venire a parlarmi da sola..." si girò verso la figlia. "In fin dei conti il tema riguarda solo lei e me, o no?". Tina strinse forte i pugni sotto il tavolo e premette i piedi per terra, per scaricare tutta l'energia negativa che si sentiva addosso.

"La finirà," disse. "Finirà anche questa *maladeta guèra.*"

Nel viso di Marta balenò una luce di compassione.

"Edvige ha detto che suo marito le ha già scritto dal fronte. Fino a oggi è stato l'unico. Quanto vorrei ricevere anch'io una lettera di tuo padre... sarebbe una benedizione di Dio. Mi basterebbe sapere dov'è, che sta bene, che ci pensa così come lo pensiamo noi." Si interruppe un attimo, riportò gli occhi al crocifisso e mormorò:

"Che stia bene, Signore... Fa' che stia bene...".

Al pensiero del papà, Tina avvertì un peso insostenibile salire dal petto agli occhi e trasformarsi in lacrime. Riuscì a trattenerle solo sforzandosi di pensare a Francesco che correva goffamente con il secchio in mano. Ingollò un pezzo di pane e uno di formaggio, e masticò con rabbia.

"Il marito della Edvige ha scritto che lui e tutti i fodómi sono stati reclutati nei *Landesschutzen* e nei *Kaiserjäger* del XIV Corpo d'armata di Innsbruck. A Bressanone gli ufficiali gli hanno detto che avrebbero dovuto combattere contro la Serbia e che la guerra sarebbe finita in un lampo. Poi invece sono stati portati nelle pianure della Galizia, solo Dio sa dove si trova, e da lì condotti una parte sul fronte russo, e un'altra nei Balcani. Sembra che Paolo sia finito lì."

Tina sbarrò gli occhi.

"Allora sappiamo almeno dov'è! Hai detto nei Balcani?" esclamò.

"Sì, ma non chiedermi dove sono, Katharina."

"Lo so io, mamma! Me l'ha detto la maestra ancora l'anno scorso. I Balcani sono montagne oltre il mare, dall'altra parte di Venezia."

Marta non parve per niente sollevata dalla notizia. Si alzò e andò alla finestra. Gli occhi carichi di antica pioggia e pensieri arrugginiti. Il prato era pieno di corvi con le penne lucide di sole.

"Prego solo che stia bene e che ce lo rimandino a casa presto."

Tina corse ad abbracciarla, stringendola da dietro affinché la vulnerabilità dei loro sguardi non si incrociasse. Rimasero così a lungo. Marta si asciugò le lacrime e si voltò verso la figlia.

"Scusa per lo schiaffo," le disse. Le prese il viso tra le mani e la guardò con una dolcezza che Tina non aveva mai visto. In cuor suo la bambina pregò Dio che il tempo si fermasse in quell'istante, avrebbe voluto vivere così, ferma, con il suo viso tra le mani della mamma. Si rese conto che quella era la prima volta che accadeva, la prima volta in cui sua mamma le chiedeva perdono per qualcosa. Provò un sentimento morbido e vellutato come i petali di una stella alpina.

Marta la fissò come per cercare conforto nei suoi occhi grandi e malinconici.

"Certe volte perdo la pazienza e sono dura. Tua nonna invece era dolce, comprensiva, ma l'ho persa presto e mi sono indurita."

Prese le mani della figlia e si sedette con lei sulla panca ad angolo.

"Mio papà è morto dopo che mi sono sposata, ma lei se n'è andata quando ero ancora giovane, avevo sedici anni appena e per me fu molto doloroso... Le volevo molto bene, sai?"

"Nonna Astrid?"

"Sì. Astrid Siorpaes, anche se il suo cognome da ragazza era un altro. Per me non è facile ripensare a lei. Quando tu mi chiedi che voce aveva, la mia melanconia ritorna a galla e io ci sto male, capisci?"

Tina tornò a sentire il dolore dello schiaffo sulla guancia.

Annuì senza guardarla.

"E comunque la sua voce era bassa ma mai esile, anzi la sua era una voce decisa, sonora. A me infondeva sempre tanta protezione..."

Era così la voce che sentiva? Mentre Marta sparecchiava la tavola, Tina si stava accorgendo che era difficile descrivere una voce. Poi i suoi occhi si illuminarono: un'idea consolante attraversò i suoi pensieri come un *arkoboàn*, l'arcobaleno. Si alzò dalla panca e sgattaiolò verso la vecchia credenza di cirmolo dipinta a mano. Si chinò leggermente e, prestando attenzione che sua madre non rientrasse nella stube proprio in quel momento, aprì il cassetto che stava più in basso.

Con un gesto rapidissimo afferrò la pipa e il tabacco di suo papà e li nascose nelle tasche della gonna.

6.

A Tina bastarono pochi minuti per uscire di casa, tirar su un paio di attrezzi, caricarseli sulle spalle e partire. Quando fu sull'antica Strada de la Vena, che un tempo partiva dalle miniere di ferro dentro il monte Pore e arrivava al vescovado di Bressanone, cominciò a respirare più profondamente. A ogni passo, accompagnato da un respiro, la sua ansia si scioglieva un poco, quell'ansia che aveva ricominciato ad attanagliarle le gambe, il petto e la gola da quando era iniziata la guerra. La stessa ansia che la assaliva nei primi mesi dopo che era diventata la strega del paese. Aveva imparato che nel bosco riusciva a dominarla, nel bosco vedeva il mondo a colori, e in quei colori riconosceva se stessa. Il sole era ancora alto a illuminare tutta la vallata di Fodóm e le pareti pallide delle Dolomiti tutt'attorno, che sembravano posate su quella terra ladina come una corona d'argento sulla testa di una principessa. I passi veloci e sicuri di Tina erano accompagnati dai suoni e dai rumori che provenivano dalla foresta: il canto delle tordèle, dei fringuelli e dello zigolo, ma anche il richiamo dell'astore e quello aspro del picchio nero. E poi di nuovo il verso inaspettato del gallo cedrone, così raro da sentire per chiunque tranne che per lei. Il sentiero era costellato di pozzanghere e Tina non aveva nessuna intenzione di stare attenta a evitarle tutte. Finì per inzupparsi, ma ora poteva fare quello che le pareva.

Arrivò alle piantagioni dopo quasi un'ora e, una volta esaminata ogni singola pianta, si stese sul prato, felice per averle trovate tutte ritte e sane.

Le nuvole attraversavano il cielo e finivano dietro il Pelmo, il sole calava e i pensieri di Tina potevano volare ovunque. Si mise una mano in tasca e tirò fuori la pipa curva di suo padre, in legno di ciliegio.

Per l'ennesima volta ripensò al fatto che nella sua vita tutto era cambiato da quel maledetto autunno precedente.

Un grave senso di colpa le pesava nel petto ogni volta che ci pensava, e non smetteva mai di chiedersi se la gente del paese e i vecchi, soprattutto, non avessero ragione sul suo conto.

"Forse è proprio vero che sono una strega," si disse.

Dopo lunghi e inestricabili giri, il suo pensiero tornò al papà, come una rondine che, dopo infinite piroette e peripezie acrobatiche, alla sera torna al conforto del nido.

"Quanto mi manchi..." pensò. Poi lo ripeté gridando forte, con la speranza che il vento dolomitico portasse la sua voce lontano, fino a lui, al suo papà, che chissà dov'era in quello stesso istante, in quale angolo di quei maledetti Balcani. Dagli anfratti della sua memoria uscì il ricordo del giorno in cui Paolo ricevette la lettera di chiamata alle armi.

Stavano accatastando legna quando arrivarono due *Kaiserjäger* in alta uniforme, da Pieve, consegnando le lettere firmate dall'Imperatore e sigillate con la ceralacca gialla e nera. Tina ricordava in modo nitido la voce di suo padre dare loro il benvenuto. Era fermo accanto al *fistìl*, mentre lei si nascondeva dietro la sua figura imponente.

Paolo prese la lettera coi movimenti rallentati, come se fosse mezzo addormentato. Quando i due soldati si allontanarono, aprì la busta e cominciò a leggere. Tina non capiva perché gli tremassero le mani. Poi all'improvviso era caduto a terra in ginocchio, gli occhi chiusi, come un lupo impietosamente ferito e azzoppato dal suo stesso branco. La sua voce esplose in un fortissimo, atroce grido rivolto al cielo. Tina aveva fatto un salto all'indietro, spaventata.

Nella lettera si ordinava di presentarsi tre giorni dopo alla caserma imperiale di Bressanone per il reclutamento degli abili e arruolabili.

L'immagine dei suoi genitori che piangevano insieme, abbracciati, si impresse dentro di lei bruciando come sale su una ferita.

Mentre il sole del pomeriggio asciugava le sue scarpe e la gonna, Tina cominciò a rigirarsi la pipa tra le mani. Profumava di legno, tabacco combusto e di papà. Tirò fuori la busta di cuoio che conteneva il tabacco trinciato e si sedette per terra con le gambe accavallate. Riempì il fornello, pigiò per bene ripetendo i gesti che aveva visto fare a suo padre un milione di volte. Con l'acciarino avviò la combustione e aspirò la prima boccata di fumo, trattenendola tra le guance a palla che sembravano quelle di una marmotta. Espirò e tossì. Le si strinse lo stomaco e subito le venne da vomitare, ma resistette. Rimase concentrata, come se con quella sua prima fumata si fosse compiuto un rito sacro. Si convinse che ovunque Paolo si trovasse in quel preciso momento, certamente la stava pensando. Tirò un'altra boccata e tossì di nuovo, e poi ancora, finché la tosse non la costrinse a tirarsi su in piedi per riprendere fiato. La testa le girava. Mise la pipa in bocca e si guardò intorno: le piantagioni, le montagne, la sua vallata e la natura tutt'intorno. Si sentì meglio. Strinse la pipa tra le labbra e allargò le braccia come se volesse far tutto suo quel paesaggio e quell'esperienza.

7.

Accadde per la prima volta sulla via del ritorno dai campi. Al principio fu un capogiro che la obbligò a fermarsi a lato del sentiero. Come una nube nera di passaggio, uno stormo di *corf* oscurò per un attimo il sole ormai stanco del pomeriggio, e si allontanò gracchiando forte. Tina si appoggiò con la schiena al tronco di un abete bianco e respirò a fondo.

"Troppi pensieri..." si disse.

Una raffica di vento attraversò il sentiero sollevando qualche rametto da terra e muovendo gli alberi della foresta, e fu quello il momento in cui successe. Dapprima Tina sentì ancora quella voce di donna, sempre la stessa. Poi le sembrò di intravedere qualcosa che riaffiorava indistinto dalla memoria, come se si trattasse di un'esperienza lontana, remota, una specie di ricordo offuscato e dimenticato, ma che ora era pronto a prendere una qualche forma. Appoggiata al tronco tenne gli occhi chiusi e respirò lentamente per non farsi prendere dal panico. Vide una notte piovosa, molto piovosa, e molto fango. Poi un bosco nero e sconosciuto, un antro occulto, e infine i versi di tanti animali selvatici che si propagavano nell'oscurità della notte bagnata. A quel punto si spaventò e si diede uno schiaffo per tentare di risvegliarsi da quella allucinazione e cacciarla via, lontano.

In pochi istanti la sua mente fu di nuovo libera, come il

cielo dopo un temporale improvviso. Riprese fiato, si scostò dall'abete e strinse la pipa spenta tra le labbra, così come faceva spesso anche suo papà. Il sole davanti a lei era così basso sul Sella che il riflesso dell'*enrosadira* si specchiava sull'acqua facendola sembrare rossa, arancione e rosa: uno specchio luminoso e colorato, un pezzetto di cielo caduto sul sentiero.

8.

La vallata di Fodóm fu evacuata nel maggio 1915.

La guerra non era terminata rapidamente l'autunno precedente, come tutti ancora si auguravano. Era divampata come fieno vicino al fuoco. L'esercito austro-ungarico aveva perso quasi la metà dei suoi soldati effettivi, soprattutto tra i ladini inquadrati nei *Kaiserjäger*, e quando l'Italia tradì l'alleanza con gli Imperi Centrali dichiarando guerra all'Austria, il conflitto si allargò anche alle Dolomiti.

Il giorno in cui venne sfollata Larcionèi faceva freddo e il cielo era velato da nubi alte e sottili che sembravano spatolate da una parte all'altra delle montagne rocciose. Sulla piccola piazza e lungo la strada sterrata che conduceva giù a valle c'era una decina di carri legati a buoi e cavalli, pronti per essere caricati di profughi e spediti a Pieve, laddove sarebbero stati divisi e spediti a nuove destinazioni. Le donne, i vecchi e i bambini chiusero le loro case e portarono con sé lo stretto necessario, mentre gli anziani e i più giovani, non arruolati nell'esercito regolare ma in grado di combattere anche senza alcun addestramento militare, rimasero a difendere la patria scendendo a piedi fino a Pieve a fianco degli *Standschützen*, i tiratori scelti del Tirolo.

Le guardie invitarono gli sfollati a salire sui carri con una certa premura, che non stessero a indugiare o a guardarsi indietro. Marta piangeva e i suoi movimenti erano lenti, svogliati. Tina guardò in alto, verso il maso Thaler, e poi verso la fontana e la chiesa, come per fissare nella mente le immagini di quei luoghi, serbarli nella memoria sperando di poterli rivedere presto. I bambini, solitamente chiassosi, stavolta erano muti come i gufi a mezzodì.

Il vecchio Senoner salì su un carro per primo, seguito da Guido Dorigo e altre donne, tra cui la vedova Crepaz e la Franca Dorigo. Su altri carri salirono Oswald Masarei con le sue stampelle di nocciolo, Sisto Pedraces e molti altri che li imitarono sempre più velocemente. Tina guardò di sguincio la signora Conz la quale, fingendo una falsa diffidenza verso il macellaio, si sedette proprio accanto alla moglie di questi abbracciandola. Le sistemò addirittura il fazzoletto in testa. Voltandosi disgustata, Tina afferrò sua madre per la gonna e la spinse a montare sull'ultimo carro della fila, dove non era ancora salito nessuno. Sapeva che la evitavano e aveva imparato ad agire di conseguenza, ma questo non le risparmiava un moto di disprezzo ogni volta che si trovava a contatto coi paesani. "Come se tutto questo schifo fosse colpa mia!" pensò aiutando la mamma a sedersi sulla panchetta laterale posta sulla cassetta. Gli ultimi ad arrivare furono Francesco Foppa e sua madre. La donna si fermò a esaminare i carri. Non c'era più posto, se non su quello occupato da Marta e Tina. La signora Foppa ebbe un tremito, pur cercando di mantenere il mento alto e un contegno dignitoso. Maledisse tra sé e sé il figlio per aver fatto tardi, quindi si fece tre volte il segno della croce e saltò sul carro con le Thaler.

Il lungo corteo di profughi partì lentamente verso valle, seguito da tutto il bestiame del villaggio, governato dalle guardie e da alcuni vecchi, oltre a un paio di carretti più piccoli dove erano stati stipati polli, galline, anatre e conigli. Tra i sussulti del carro che con le ruote di legno avanzava su buche, sassi e canalette di scolo, Tina continuava a urtare contro la spalla di sua madre, che si copriva il volto con le mani per nascondere lacrime di disperazione. Davanti a loro, la signora Foppa con la testa stretta nel tradizionale fazzoletto nero, teneva gli occhi chiusi e sgranava il rosario fatto con le vertebre di una vipera, mentre Francesco guardava per terra, ora il pavimento del carretto, ora la punta delle proprie scarpe, ma mai Tina. Quando uscirono da Larcionèi, lei si voltò verso il paese e osservò la punta del campanile scomparire un po' alla volta, come se stesse sprofondando lentamente nel terreno. Mise le mani in tasca e tastò coi polpastrelli la pipa e l'angioletto di legno che le aveva intagliato suo padre. Si guardò le mani: pensò che se le portava appresso da quando era nata, dodici anni prima. Erano piccole e giovani, eppure già indurite dal lavoro e dalla vita. Brunite e arrossate, sempre attraversate da graffi o abrase per qualche motivo.

"Le mie mani..." pensò. "Sono solo mie e saranno con me per sempre, ovunque andrò." Una dopo l'altra le portò alla bocca e le baciò sul dorso, quindi sollevò gli occhi al cielo e vide l'aquila reale che volteggiava verso la cima del Pore. Volava lenta, senza muovere le ali, risalendo la corrente ascensionale proprio sopra la testa di Tina. Ebbe un sussulto nel cuore, come un tuffo, una pietra gettata nel Ruaz. Le sembrò che quell'aquila le stesse ricordando che la sua forza e la sua felicità si trovavano lì, nascoste da qualche parte tra il cielo e la foresta ai piedi dell'antico vulcano nel cuore delle Dolomiti.

Il carro avanzava piano piano, come se non esistesse fretta, come se da quel momento, da quel giorno, il tempo si fosse fermato e non avesse più il valore di prima.

Probabilmente convinta di non essere ascoltata da nessuno, tra un'avemaria e l'altra la signora Foppa sussurrò:

"Mio Dio, ho bisogno di morire...".

Marta sembrò non accorgersene e rimase con la testa china, ondeggiante per il movimento del carro. Tina e Francesco incrociarono rapidamente i loro sguardi. Un istante, come un fulmine, poi tornarono a guardare altrove. In quell'attimo però entrambi riconobbero negli occhi dell'altro le stesse paure, la stessa pena e disperazione. La stessa incapacità di reagire di fronte a una realtà fuori controllo. Si sentivano entrambi come semi di larice caduti nel torrente e trasportati a valle da una corrente impetuosa che li avrebbe consegnati al grande fiume e poi al mare, dove nessuno li avrebbe più potuti scorgere.

"Ho bisogno di morire..." ripeté la donna piangendo mentre toccava il suo rosario d'ossi.

Tina si voltò di scatto, alzò il mento e annusò l'aria di Larcionèi.

"Di quante cose avrei bisogno... Ma di morire no, questo proprio no," si disse Tina. Guardò il Pore, immobile, sicuro, eterno. Pensò:

"Ho bisogno di luce, non di ombre. Ho bisogno di verità, non di bugie. Ho bisogno di capire chi sono veramente. Ho bisogno di essere libera...".

Intanto la lunga fila di carri si lasciò il paese alle spalle e come un aspide lunghissimo iniziò a serpeggiare sui primi tornanti che scendevano nella Val Cordevole.

A differenza di altre donne, le quali gridavano disperate, Marta continuava a piangere con silenziosa discrezione, piegata sulle ginocchia come se volesse tenere per sé il suo tremendo stato d'animo. Tina posò una mano sulla spalla della mamma.

Voleva calmarla per calmare se stessa, ma non servì a niente e si sentì incapace di comunicarle il suo affetto.

"Che cosa ne sanno gli italiani di cosa vuol dire abbandonare la propria casa?" pensò la ragazzina mentre sentiva il suo cuore che veniva stritolato. "Cosa ne sanno, giù in città, di cosa vuol dire lasciare tutto? Che ne sanno di cosa si prova a perdere il proprio passato, mollare il presente e non avere un futuro? La casa, il fienile, i ricordi, i profumi e i suoni della propria patria, della propria tana, della propria vita?"

Espirò a fondo, provando a liberarsi di tutto il peso che avvertiva nel petto, come se fosse fuliggine nera incrostata sulle pareti della *cesadafuoch*.

Mentre il carro li faceva sobbalzare, la madre di Francesco sibilò qualcosa, un breve gemito, poi chiuse gli occhi. Anche Marta chiuse gli occhi, lo fecero quasi nello stesso momento, annegando i pensieri in fondo all'anima. Approfittando di non essere visto almeno per qualche istante, Francesco fece un cenno d'intesa a Tina e le sorrise.

Lei rimase seria. Lui allungò la mano per sfiorare quella di lei, ma quando Tina stava per fare lo stesso, la mamma di Francesco aprì gli occhi e le loro mani si ritrassero come la testa di una chiocciola colpita da una goccia di pioggia.

9.

In trincea, i soldati dell'Imperatore non si capivano tra loro e non comprendevano contro chi stessero combattendo. Gli ufficiali austriaci gridavano in continuazione, notte e giorno, le truppe avanzavano o retrocedevano di molti chilometri, portando con sé campo, ospedale, cucine mobili. In quella prima fase morirono molti uomini del Kaiser e tanti altri vennero catturati e fatti prigionieri, tra questi soprattutto trentini e ladini. Paolo era riuscito a sopravvivere per quella che lui chiamava grazia di Dio, mentre i suoi commilitoni finivano sventrati dalle mitragliate dei russi o dalle schegge delle granate che rubavano la vita di un uomo in pochi istanti, nemmeno il tempo di un amen. Nei rari momenti di quiete, soprattutto la notte, accasciato nella profondità della trincea scavata nella terra umida di pioggia e intrisa di sangue, Paolo accendeva una sigaretta e la fumava coprendola con l'elmetto ammaccato e arrugginito. In quegli istanti chiudeva gli occhi. Si diceva che presto sarebbe tornato a casa, alle sue amate montagne, ai suoi campi, alla sua Ladinia. Alla sua famiglia. Marta e Tina. Tina e Marta.

"Quanti anni ha tua figlia?" gli chiese una volta Serafino Frenademetz, un giovane falegname di Col d'Ornella conosciuto quando erano ancora in Galizia. Si erano trovati diverse volte insieme tra le prime e le seconde linee e l'aveva preso in simpatia. Aveva appena ventidue anni e tanto odio per la guerra, le bandiere e i potenti. "Cosa c'entro io col Kaiser?" ripeteva spesso bestemmiando duramente. "Che se la venga a fare lui la guerra! Quel figlio di puttana se ne sta nei palazzi di Vienna! *Chel vegnè qua*!"

I due erano semidistesi uno vicino all'altro, stremati. Tra terribili assalti e contrassalti a suon di mitraglie e cannonate, pause così potevano durare anche mezza giornata o una notte intera.

"Dodici," rispose Paolo. Il sole era basso sull'orizzonte e il suo volto era annerito dal fumo delle esplosioni, dallo sporco e dalla torba scura che ricopriva quelle lande remote.

Serafino girò una sigaretta di trinciato e la condivise, come facevano sempre. Paolo la accese tenendola nascosta. In quel momento gli scontri da una parte all'altra tacevano e una brezza gelida si incuneava tra i lunghi scavi di appostamento bussando fin dentro le ossa.

"Come si chiama?" chiese Serafino sottovoce.

Paolo si scoprì commosso. Il solo fatto che qualcuno gli chiedesse di sua figlia era un conforto e la conferma che ancora non era diventato pazzo, come invece in quei mesi era capitato a molti, anche alcuni compaesani come Vallier e Foppa, il papà di Francesco, che si era ucciso con un colpo di fucile in bocca.

Paolo provò a immaginarsi Tina allegra, spensierata, piena di gioia, come la ricordava prima di quel maledetto giorno dei morti, prima della sua sparizione.

"Tina," rispose. "Ha già capito che per comprendere il senso della vita bisogna prima imparare ad ascoltare la lingua della foresta... C'è chi non lo capisce in una vita intera, e lei l'ha intuito presto. E da sola. Questa cosa a volte mi spaventa un po'."

Si lisciò la lunga barba rossa che si era aggiunta ai vecchi baffi. Non aveva mai parlato di sua figlia in questo modo con nessuno, eppure, se si guardava dentro, era esattamente quel che sentiva. Era fiero di lei e allo stesso tempo gli dava le vertigini pensare dove avrebbe potuto spingerla quel suo intuito, quella affinità spiccata e precoce con i boschi, le montagne e la vita che ospitano. Avrebbe voluto proteggerla per sempre.

Ringraziò l'amico per quell'attimo di intimità, poi il comandante li venne a cercare. Si fece il segno della croce prima di tornare a combattere.

Si promise che sarebbe rimasto vivo per Tina.

10.

Dopo l'arrivo a Pieve di Livinallongo, gli sfollati vennero smistati: dispersi ai quattro venti come semi di un *lum*, il soffione del tarassaco che in primavera rifiorisce sui prati di montagna.

Alcuni di loro, tra cui il vecchio Senoner e Ida Detomas, furono spediti a Brunico. La signora Dell'Andrea e la signora Vallier vennero mandate a Vipiteno insieme ai coniugi Plank e all'amante di lui, la Conz. In molti partirono verso l'ignoto, fino in Boemia, tra questi la signora Dorigo, Frida Pellegrini coi figli, il vecchio Frena e la vedova Crepaz.

Tina e sua madre, tra i più fortunati, finirono invece nella vicina Val Badia. Con loro, anche se non nello stesso villaggio, vennero spediti i Pallua, la vedova Troi, i Masarei e Francesco Foppa con sua madre. Quando dovettero separarsi, le due donne non si salutarono nemmeno, mentre Tina e Francesco si guardarono a lungo come due agnelli il sabato santo. I loro occhi sembravano rocce umide di pioggia.

"Ciao," sussurrò lei.

Francesco fece un cenno con la testa. Aprire bocca avrebbe lasciato libera l'emozione e questo lui non lo voleva.

Ci volle un altro giorno di viaggio perché, verso il tramonto, Marta e Tina raggiungessero la piazza del paese di San Martino, ai piedi di Puez e delle Odle, nella Val di Longiarù dove scorre l'omonimo torrente.

"Vi ospiterà frau Hilde," disse loro il cappellano dal volto rigonfio come una pera klotzen matura. "È stata per quarantadue anni la perpetua del parroco di Colfosco."

Marta annuì senza aggiungere nulla, ma si sentì un poco rincuorata, pur nell'umiliazione di dover chiedere asilo.

Quando arrivarono alla casupola in stile ladino della signora Hilde, Tina si guardò intorno. Non c'era anima viva ma le montagne intorno a lei erano maestose, anche se non quanto le sue. Una nebbiolina serale scendeva dai boschi intorno e una ghiandaia emise un verso forte, aspro, seguito dal gracchiare dei corvi che poco dopo passarono sopra di loro sorvolando le vie del villaggio.

Hilde era una vecchietta minuta ma agile. Le accolse con grande premura e cercò in tutti i modi di dimostrarsi accogliente. Fece loro trovare la stufa già accesa e un ambiente caldo, del *formai* e dello *schüttelbrot* alla cipolla insieme a una calda *menestra de orz*.

"Non so come ringraziarvi," disse Marta sedendosi a tavola seguita da Tina.

"No, non ce n'è bisogno. Il dramma che state vivendo è tale che questo è il minimo che io possa fare. Una volta sono i tedeschi, un'altra volta gli italiani... E noi sempre a pagare per tutti. Tra ladini ci si deve sempre aiutare. Ma diamoci del tu, Marta. E ricordati che quella fortunata sono io. Con voi due almeno non rimango sola in quest'epoca di sangue... Prendete, prendete!" e porse loro il formaggio.

Tina ingollò un pezzo di pane e un cucchiaio di minestra. Non sapeva dire se era più stanca o più affamata. Il tepore buono dell'orzo bollito le scivolò nello stomaco riscaldandole tutto il corpo e i pensieri, che si facevano più lucidi cucchiaiata dopo cucchiaiata.

Quella vecchina le piaceva già. La sua voce era asprigna e vibrante ma leale, senza ombre, il suono assomigliava al belato di un capretto.

I suoi occhi, piccoli e attorniati da rughe sottili, erano rassicuranti. Aveva i capelli di neve, legati dietro la nuca in una crocchia che ricordava una grossa *céola*, la cipolla bianca tipica di quelle vallate.

"Ho saputo che siete di Larcionèi," disse Hilde conversando con Marta. "Io non ci sono mai stata," aggiunse dopo aver addentato un *tòco* di formaggio.

"A dir la verità io sono di origine fassana, mi sono trasferita lì dopo aver conosciuto mio marito," disse Marta parlando molto lentamente.

Hilde guardò Tina e le disse: "Allora tu sei nata lì, a Larcionèi?".

Tina abbozzò un sorriso.

"Più o meno, sulle pendici del Pore," disse con un certo orgoglio misto a nostalgia. Non era solo malinconia per ciò che, temeva, non sarebbe più ritornato. Tina si sentiva assediata da sogni smarriti, desideri mai realizzati, albe e tramonti mai visti.

La vecchietta si rivolse nuovamente a Marta.

"Tuo marito è stato tra i primi a partire, vero?"

"Ancora l'estate scorsa, è passato un anno ormai..."

"Mi dispiace, che Dio lo protegga!" disse socchiudendo gli occhi e indicando poi il crocifisso appeso all'angolo. "Purtroppo il vento soffia dove vuole, non dove vogliono le nuvole," concluse Hilde, le mani giunte verso Marta in un gesto di tenerezza e commiserazione.

Più tardi Marta e Tina accesero le due candele nella piccola stanza che avrebbero condiviso da lì in avanti e si sedettero sui rispettivi letti. L'aria sapeva di muffa, fieno e latte cagliato e l'arredamento era povero: oltre ai due letti c'era solo un comò che aveva così tanti buchi dei tarli da sembrare un f*ormài de malga*. Però dalla finestrella si vedeva il torrente e una foresta di conifere, e sopra questi una parete di dolomia grigia e pallida, il Sass de Putia, illuminato lievemente dalla luna. Tina osservò le loro ombre proiettate sui muri della camera. Erano enormi, grottesche, spaventose. Si mise di profilo. Fece finta di essere un orso e sollevò le braccia, pronte per aggredire una preda. Poi con le mani proiettò sulla parete accanto al suo letto le ombre dell'aquila in volo, della marmotta e dello stambecco. Marta la richiamò. Pregarono ancora, insieme, e poi si infilarono sotto le coperte, confuse. Nessuna ebbe il coraggio di dire qualcosa dopo quell'Amen che metteva sempre d'accordo tutti quanti. Meglio tacere che dire pianti e percosse dell'anima. Meglio provare a trattenere nuove lacrime. Marta soffiò e spense entrambe le candele. Un buio profondo si impadronì dello spazio.

"*Bona net*, Katharina!" mormorò la donna.

"*Bona net*, *oma*," rispose la bambina.

Marta e Tina persero il senso del tempo e quella notte diventò infinita, come un dolore nero senza fine. Tina tentò di tendere le orecchie per cercare di percepire almeno un suono della natura, l'unica cosa che avrebbe potuto darle un appoggio per l'anima.

Improvvisamente le capitò di nuovo. Sentì la pioggia cadere battente sulla sua pelle, sulla sua testa. Tanta, tantissima pioggia. Il bosco, di notte. Era piccola, sola e camminava nel fango. Era confusa, non sapeva bene cosa stesse facendo e per quale motivo, ma procedeva in salita, fuori dal sentiero, su un versante scosceso e infangato.

"Vieni..." le diceva la voce di donna. "Vieni da me, non temere..."

Tina si alzò di scatto e si sedette sul letto.

"Perché la voce mi segue ovunque?"

Si stese di nuovo.

Attese che tornasse la visione girandosi e rigirandosi sul letto, invece iniziò a riconoscere i suoni della natura attorno: prima il canto dell'allocco. Sorrise, avvertì un tepore buono attraversarle il petto e poi scaldarle braccia e gambe. Le sembrò che il sangue fluisse meglio. Poi lo udì ancora, insieme a quello più acuto e ripetitivo della civetta. Infine ecco il grido d'allarme del *duch*, il gufo reale. Tina sorrise.

"Sono più simile a loro che agli esseri umani," bisbigliò tra sé e sé, chiudendo finalmente gli occhi.

Non poteva sapere, Tina, che in quelle stesse ore l'esercito italiano era entrato nella Ladinia storica e stava occupando Cortina d'Ampezzo e anche Colle Santa Lucia, avamposto di Fodóm.

Non poteva sapere, Tina, che in quelle stesse ore sarebbero partiti i cannoneggiamenti in quota e che le Dolomiti sarebbero presto diventate un inferno.

11.

Paolo Thaler era stato mandato a Brestovizza e sul Monte Selo, tra i fiumi Vipacco e Isonzo, e ormai tra i suoi commilitoni non c'era più nessun ladino. Spossato e dimagrito dalla fame, dalla fatica e dalle continue esercitazioni cui era costretto quando non vi erano combattimenti, iniziò a cedere. Non passava giorno in cui non trovasse la forza di pregare per la salute di sua moglie e di sua figlia, ma col passare del tempo aveva smesso di credere in un suo ritorno a casa.

Le urla, gli occhi spiritati e ammattiti, sangue, corpi dilaniati, puzza di cadaveri putrefatti. Paolo aveva provato a farci l'abitudine, ad assuefarsi, ma quando a tutto questo si sommavano le messe solenni, le orazioni civili e i discorsi pieni di retorica da parte degli ufficiali che di tanto in tanto venivano in prima linea per poi indietreggiare e porsi in salvo, allora il peso nel suo cuore diventava insopportabile.

Tina si occupava di far legna, accatastarla e bruciarla nel *fornèl*. Tra un lavoro e l'altro, si sedeva sui gradini di porfido sotto l'orto e si accendeva la pipa con molta calma. La tirava lentamente e sbuffava un fumo denso e pesante, sembrava che a ogni zaffata il suo petto si liberasse di enormi nuvoloni carichi di pioggia. Per Tina quella pipa la avvicinava al cielo più delle preghiere degli altri. Allora il pensiero volava a suo papà, e non perdeva mai la speranza di vederlo tornare a casa.

Chi non moriva, come Paolo, si ammalava di ogni malattia. Il colera dilagò tra i soldati. Dapprima colpì alcuni uomini di una singola guarnigione a Doberdò, ma ben presto il male si estese a tutti i battaglioni e ai reggimenti vicini e lontani. Nel raggruppamento di Paolo iniziarono a morire una ventina di uomini al giorno e sembrò che nulla, comprese le diete strampalate imposte dai colonnelli, fosse in grado di arrestare quel morbo terribile che colpiva l'intestino. Paolo e altri soldati provenienti da ogni parte dell'Impero, con gli occhi svuotati di vita, furono impegnati per giorni a scavare fosse dove gettare i morti, cospargerli di calce e, a volte, dar loro fuoco. Intorno alle trincee e ai campi l'aria mefitica era piena di urla di dolore, gemiti, grida, bestemmie. Non passarono molti giorni che anche Paolo accusò i primi sintomi.

Del suo corpo ormai si vedevano solo le ossa, come in un abete colpito dal bostrico. La sua pelle era bianca come una betulla, la barba gli copriva il viso ossuto e gli zigomi, gli occhi sembravano persi nel nulla, incavati nel teschio e vuoti come le corna del bue. Il tremendo dolore all'addome gli impedì di muoversi dalla trincea e abbandonare la postazione.

Rimase lì, accucciato all'addiaccio per ore, rigirandosi nel fango e nella terra melmosa.

A Tina capitava spesso di trascorrere una notte insonne. Anziché indugiare sotto le coperte, quella volta decise di alzarsi. Era presto, prima dell'alba, si vestì pesante e uscì nell'orto fradicio di rugiada notturna. Aveva bisogno di muoversi, di fare qualcosa. Allora afferrò il coltello conficcato in una gombina e cominciò a tagliare e raccogliere il crescione in preda a una frenesia che le infastidiva i pensieri. Aveva il fiato corto e le sue mani tremolavano, ma non per il freddo.

"*Maladeta guèra!*"

Paolo si stava stringendo la pancia con le braccia mentre la febbre si impadroniva del suo corpo. Nella sottile finestra dell'ultimo cielo notturno, poco prima dell'alba, sopra di sé, ritagliata per lungo dalle sponde della trincea, vide la luna piena. La vide sfuocata perché le lacrime gli avevano ricoperto l'iride. Gli sembrò lì apposta per lui, per dargli un ultimo saluto. Si disse che se quella era la vita, allora niente aveva senso. Si disse che se quello era il perenne destino degli uomini semplici e umili come lui, allora nessuno mai avrebbe potuto salvarli, nemmeno Dio. Gli tornò in mente la grande luna che era apparsa all'improvviso in quella notte in cui si era ritrovato da solo nel bosco, alla ricerca di sua figlia scomparsa. Gli tornò alla memoria tutta la sua angoscia sotto la pioggia incessante che sembrava volesse seppellirlo sotto il muschio, tra i vermi. Quella luna che allora aveva fatto capolino tra le nuvole era la stessa che ora da lassù voleva dargli un ultimo saluto, il bacio d'addio, abbandonarlo alla terra madida per sempre, senza degna sepoltura, lontano dai suoi affetti. L'immagine di Tina gli attraversò i pensieri come un arcobaleno tra il Pelmo e il Civetta. La vide stesa sul prato estivo mentre lui lavorava al canapaio. Intorno a loro il silenzio degli uomini e i suoni della montagna, la bellezza delle crode dolomitiche, i colori dell'estate e la brezza mite che scivola sulla pelle sudata del collo.

Si immaginò di chiamarla per nome e gli sembrò di vederla sollevare la testa dall'erba e guardarlo. Si sorrisero e in quel sorriso di complicità vi fu un patto non detto di eterna lealtà. Paolo avvertì una fitta più forte delle altre e gli mancò il respiro. La vista si annebbiò e appoggiò la testa a terra, di lato.

Tina era china a tagliare il crescione nell'orto di Hilde, quando sentì una scossa.

Per un attimo perse l'equilibrio e le mancò il fiato. Si sostenne allo steccato. Non poteva essere un terremoto, le fronde e le foglie degli alberi erano ferme, gli animali muti. Alzò gli occhi al cielo. La luna piena, pallida nel cielo blu, le sembrò appoggiata sulle creste delle Conturines. Uno stormo di cornacchie attraversò il cielo rumorosamente sovrapponendosi a quell'immagine e per Tina fu come se la luna venisse sporcata da una lunga scia nera.

"Katharina!" sentì gridare. Fece un sobbalzo per la paura e si voltò verso la casa. "Ma che ci fai fuori a quest'ora?"

Tina vide che la falda si era slacciata e cominciò a raccogliere tutto soffiando su ogni singola foglia per scrollarle la terra di dosso.

Quando ebbe terminato il lavoro la luna non c'era più, era sparita dietro le Conturines.

Paolo ebbe l'impressione di udire un suono di gocce d'acqua che gli percolava la testa e rimbalzava da una tempia all'altra, poi un rumore di sassi, come una frana secca e ancora il suono delle *vìdole* e poi i battiti del *relòjo de la mòrč*, l'orologio della morte. Infine sognò una lunga processione di fiammelle azzurrine, tremule e tenui, che scendevano da una fitta foresta e venivano verso di lui, senza fretta, in fila come i cristiani nella processione di Pentecoste. Le riconobbe: erano i *lumes dles püres animës*, le luci delle anime pure che venivano a prelevarlo per portarlo con sé nell'aldilà.

12.

I giorni in cui Tina si lasciò alle spalle un altro pezzo della sua fanciullezza, arrivarono in un giugno caldo e siccitoso che trascorse lento quanto un mese di novembre.

Era sola, seduta su un masso che stava poco sopra la casa di Hilde. Mise via la pipa dopo una breve fumata e cominciò a osservare da vicino un'ape che bottinava un tarassaco. Erano così buffe quelle zampette così cariche di polline, giallo come il sole di quella mattina. D'un tratto, avvertì una strana sensazione, lo sguardo si spostò su una caviglia e vide un rivolo di sangue che scendeva dal polpaccio macchiandole il calzettone. Incredula, si levò in piedi e scese dal masso. Si sollevò la gonna. Il sangue le colava da entrambe le gambe e si spaventò.

"Mamma!" gridò con la voce strozzata.

Marta uscì dalla porta strofinando le mani sul grembiule sporco di farina.

"Lo fai tu, il pane?" disse, ma subito vide che in sua figlia c'era qualcosa che non andava. Era immobile, con la gonna sollevata.

Tina abbassò lo sguardo alle caviglie, e anche Marta fece lo stesso.

"Oh, santo cielo!" esclamò la donna correndole incontro.

La abbracciò e le accarezzò la testa.

"Non è niente, non aver paura." La fece entrare in casa, la fece spogliare e le lavò le mutande e i calzettoni.

“Succede a ogni ragazzina...” le disse prendendo uno straccio e delle mutande pulite.

Non le aveva detto altro, e Tina si era sentita in colpa, fuori posto come una rondine in inverno.

Fu Hilde che, poco dopo, raggiunse la ragazzina seduta all’ombra del grande abete bianco e le parlò:

“Nessun senso di colpa, signorina. Al contrario: sii orgogliosa e fiera di essere donna! Tu porti la ciclicità della vita in questo mondo mortale!”.

Tina capì e non capì. Le capitava spesso ascoltando Hilde, tuttavia nelle sue parole coglieva sempre qualcosa che aveva a che fare con una sapienza antica, mai banale. Come se le frasi della vecchietta riuscissero ad attraversarle il cuore arrivando ai suoi sentimenti con una purezza cristallina che andava ben oltre le lettere dell’alfabeto. E accadde anche questa volta.

Da quel giorno, in quella casa in Val Badia si ritrovarono in tre donne. Non vedevano mai nessuno, vivevano isolate, eppure non mancava loro niente. Si sostentavano, si aiutavano, talvolta litigavano. Ma finalmente Tina si sentiva libera dagli sguardi dei suoi compaesani di Larcionèi.

13.

La guerra si faceva sentire sulle montagne poco lontane con cannoneggiamenti ed echi di esplosioni dal fronte posizionato tra Marmolada, Col di Lana, Settsass, Lagazuoi e le Tofane. Per Tina, Paolo avrebbe potuto essere tra quei disgraziati uomini che bivaccavano su quelle vette nell'attesa di ammazzarsi gli uni gli altri. Così vicino e così lontano.

In quelle settimane c'era sempre un viavai di militari e truppe austriache che andavano e venivano da Brunico e da Bressanone. I militari avevano allestito campi in diversi punti strategici e spesso si vedevano soldati che si avvicendavano al fronte dando il cambio ai feriti che scendevano dalle montagne. Tina passava il tempo girovagando sui sentieri che si snodavano intorno al paese di San Martino, oppure nell'orto a dare una mano a Hilde la quale seminava, curava e raccoglieva quel poco che riusciva a tirar su con la manciata di sementi a disposizione.

"Vieni con me, Katharina!" le disse Marta un pomeriggio mentre Tina era incantata a guardare i *megòjes*, i grossi papaveri che crescevano nell'orto. Hilde ne avrebbe poi raccolto i semi che, una volta tostati, sarebbero stati messi sul pane croccante o sui *casunzièi de pastolà*, i ravioli alle rape rosse.

Tina si voltò di scatto. "Dove?"

"In chiesa, per la confessione. Ieri è venuto a dirmelo il cappellano. Ci saranno i pochi sfollati di Larcionèi presenti in Badia, ha voluto radunarci insieme qui a San Martino."

"E perché qui?"

"Perché gli altri paesi sono diventati campi militari."

Tina si scostò dagli occhi la frangetta sempre più lunga. Non aveva alcuna intenzione di rivedere né i paesani né il prete. "Io non ho nessuna colpa, nessun peccato. Niente da confessare al prete!" esclamò Tina facendo ridere Hilde, in piedi di fianco a lei.

"Se ti ordino di farlo, lo fai!"

"Ho detto di no!" ripeté Tina, puntando i piedi. Hilde le si avvicinò a un orecchio e le sussurrò:

"Non fare arrabbiare tua madre, è importante. Vai con lei. Ti prometto che in settimana ti porterò a fare una camminata in montagna...".

Gli occhi di Tina si illuminarono. Sorrise alla vecchietta e si lasciò portare a San Martino da sua madre.

Arrivarono nella piccola chiesa parrocchiale quando gli altri erano già dentro. Tina li vide seduti di spalle, chi a sinistra, chi a destra della navata. C'erano Oswald Masarei con le sue stampelle e la moglie, i Pallua, la vedova Troi. E poi c'erano Francesco Foppa e sua mamma.

A Tina sembrò di aver trovato qualcosa che pensava perduta per sempre. Tutti gli altri si voltarono e si fecero il segno della croce. Tina strattonò la mano di Marta per uscire, ma la donna le strinse il polso fin quasi a stritolarglielo. Si abbassò verso di lei e le bisbigliò:

"È per Dio che siamo qui, non per loro!".

Tina sbuffò e prese posto in fondo, inginocchiandosi accanto alla mamma che aveva già cominciato a pregare. Tina osservava la nuca, le spalle e i profili dei suoi compaesani, mentre confabulavano tra loro sottovoce. Erano tutti invecchiati. Le donne, pur con il fazzoletto ben stretto sulla testa e legato sotto il mento, mostravano visi cesellati di rughe. Gli uomini avevano le teste ancor più grigie e i vecchi ancor più bianche. Si disse che allora doveva essere cambiata anche lei senza accorgersene. Il prete dichiarò che avrebbe iniziato la confessione dai bambini e chiamò a sé Francesco. Poi fu il turno di Tina, che dovette passare per la navata davanti a tutti. Quando ebbe terminato, uscì dalla chiesa e trovò Francesco seduto sullo steccato che delimitava il sagrato. Se ne stava impalato a fissare qualcosa sopra la chiesa. Era cambiato. Non sapeva bene quanto tempo fosse passato dall'ultima volta in cui si erano visti, sul carro. Ora del suo volto la colpì il pallore e la magrezza, attorniata da una folta chioma di capelli ricci che parevano immobili come una distesa di baranci.

Quando vide Tina muoversi titubante verso di lui, disse: "Assomiglia al nostro, vero?".

"Che cosa?" disse Tina.

"Il campanile! Fatto così, a punta, sembra quello di Larcionèi."

Anziché guardare il campanile, continuò a osservarlo con insistenza.

"Sei diversa, sai?" disse lui, cogliendola di sorpresa come sempre.

"Anche tu..."

Lei abbassò lo sguardo. Le scarpe di Francesco erano così rotte e consumate che dalla destra fuoriusciva l'unghia dell'alluce. Si muoveva appena appena come *l vièrm 'ntel pomo*.

"Vuoi giocare?" le chiese Francesco.

"No. A che cosa, poi?"

"Non so, magari facciamo una corsa delle nostre!" e si guardò attorno per individuare qualche obiettivo da raggiungere.

Lei fece una smorfia. "No, no." E con un balzo si sedette sul muretto. Si scostò i capelli dagli occhi, puntò i gomiti sulle cosce e si prese la testa tra le mani. Lui si sedette al suo fianco.

"Ti manca Larcionèi?" domandò lui.

"Larcionèi?..." disse lei sorridendo amaramente. "Non mi manca per niente tutta questa gente, però rivorrei indietro mio papà, i miei boschi, il Pore... Mi sembra di essere un larice cresciuto a lungo in un posto e poi segato improvvisamente in due."

Francesco provò a figurarsi l'immagine e deglutì.

"Anche a me."

In quell'istante la signora Foppa uscì dalla chiesa e li raggiunse.

"Ancora te ne stai con quella lì? Non ci devi parlare, né tanto meno vederla! La colpa della guerra è sua e della sua famiglia!"

Tina strinse i pugni e serrò le labbra, tirò un calcio a un sasso scagliandolo sul muro della chiesa e scappò più veloce di un capriolo dileguandosi tra le viuzze del paese.

Giunta davanti alla casa di Hilde, rimase appoggiata con le spalle al vecchio portone, ansimando per la lunga corsa. Chiuse gli occhi. Si concentrò sul suono del torrente che scorreva a pochi metri da lì. Era impetuoso come il suo cuore, come le emozioni miste alla rabbia, alla malinconia, alla frustrazione che si scioglievano e si miscelavano nelle sue vene. Respirò a fondo, poi scivolò con la schiena sul legno massiccio dell'uscio e finì seduta per terra. Rimase lì rannicchiata a lungo, fino a quando, dalla stradina che risaliva dalla chiesa, udì uno scalpiccio leggero ma frettoloso. Tina aprì gli occhi. Sua madre, lo sguardo severo e contrito, la fissava con una minaccia fra gli occhi.

"Te ne sei scappata e io a cercarti."

Tina si rizzò in piedi e mise le braccia davanti al viso per schermarsi.

"Disgraziata!" continuò Marta.

"Il prete mi ha detto che non ti sei confessata, gli hai detto che i preti non servono a niente e che le bestie selvatiche sono meglio degli umani. Ti rendi conto che bestemmia? Come ti sei permessa?"

Alzò il braccio destro per picchiarla ma in quel momento Tina si gettò su di lei abbracciandola forte e scoppiò in un pianto come non faceva da quando era solo una bambina. Fu come se dal suo petto erompesse tutta l'acqua dei torrenti delle Dolomiti, tutti insieme. Una potenza di disperazione. Marta abbassò il braccio e strinse sua figlia, la sua unica figlia.

"Tina..."

Era la prima volta che la chiamava così.

14.

"Eccolo, quello sarebbe perfetto!"

Tina guardò il piccolo abete bianco che Hilde stava indicando. Era alto più o meno come lei, con tutti i rami disposti in palchi regolari e orizzontali.

"Perfetto per cosa?"

Hilde le sorrise. L'aveva portata a camminare nel bosco, come le aveva promesso, procedeva dritta e lenta aiutandosi con un bastone di nocciolo ricurvo e pieno di nodi, e Tina le saltellava dietro come un *leor*, una lepre. L'aria umida emanata dalle conifere, i profumi delle resine, del legno e delle fronde risvegliate dal sole. Quanto le erano mancati!

Hilde si fermò a prendere fiato: "L'abete bianco è il principe dei boschi..." spiegò. "Il vero Tannenbaum."

"Vorresti portarlo giù e farne un albero di Natale?"

La donna rise.

"No!" esclamò. "Vorrei farlo qui, questo è il bello. Anche se ci sarà neve, sarà divertente venire ad addobbarlo con dei pendenti di paglia intrecciata, come si faceva un tempo..."

"Ma qui non lo vedrà nessuno!"

"Be', lo vedremo noi, e chiunque passi per di qua. E poi l'importante è che il Tannenbaum ci sia, che lo si faccia!"

"Se vuoi io ti posso aiutare a fare questo albero di Natale."

"Io lo chiamo albero *per* Natale," la corresse Hilde.

In quel "per" c'era tutta la dedizione nei confronti di un tempo prezioso, magico, carico di speranza. Per Hilde l'importante era il sentimento d'attesa, la capacità di prendersi cura degli altri attraverso una tradizione, un'emozione, una festa. Per lei la sacralità della meta risiedeva nel viaggio che a essa conduceva.

Nascosta nel fondo degli occhi di Hilde, Tina riconobbe una bambina, una ragazzina come lei, che rideva, e si lasciò contagiare.

Hilde batté col bastone sull'erba lì intorno e poi si sedette per terra.

"Bisogna sempre fare attenzione alle *béche*, alle vipere!"

Tina si sedette accanto a lei.

"Sono qui da diverso tempo ormai e di notte non ho mai sentito ululati. I lupi ci sono?" domandò.

"No, li hanno uccisi tutti."

Tina aggrottò le sopracciglia.

"Mangiavano le pecore e le capre al pascolo, gli asini nelle malghe e nelle casère... Tina, sai bene com'è. Non serve che io te lo spieghi, no?"

"Anche la grandine può portarci via il raccolto, e i torrenti che esondano possono portarci via la casa, no?"

"Ma queste cose non possiamo controllarle, mentre i lupi sì."

"E le guerre dove muoiono ammazzati migliaia di uomini? Non sono peggio dei lupi, le guerre?"

Senza accorgersene aveva alzato la voce.

Hilde abbassò la testa sull'erba e con il bastone disegnò qualcosa che vide soltanto lei. Nel silenzio che si creò tra loro si sentivano i boati delle esplosioni a grappolo sulle lontane montagne dell'Averau e del Falzarego.

"*Pi ke n om sta dalonz da la natura, pi ke l so kor l deventa orbo*," riprese Tina tutto d'un fiato.

Hilde le posò una mano sui capelli, neri e lucidi sotto il sole, e la accarezzò piano. Si guardò intorno e mormorò:

"È vero: più un uomo si allontana dalla natura, e più il suo cuore diventa cieco. E se vuoi la verità, sui lupi e le *bestie salvares* la penso come te".

Gli occhi di Tina si illuminarono. "Davvero?" disse. "Sai,

è come se io fossi felice solo in mezzo alla natura, nel bosco, tra le rocce, purché lontana dalla gente. Io a casa, quando sentivo l'ululato del lupo provavo un brivido. Ma non di paura, di piacere. Capisci?"

Hilde socchiuse le palpebre e mosse la punta del bastone sull'erba.

Un altro colpo di cannone, lontano.

"È da quando è successo quel fatto?" provò a dire la vecchietta.

"Quale fatto?"

"Me ne ha parlato tua madre. Io e lei ci confidiamo, cosa credi? Siamo donne," sorrise.

"Cosa ti ha detto?" chiese Tina sospettosa.

"Che tempo fa, nel *di dles mòrč*, sei scomparsa dalla chiesa per poi ricomparire il mattino dopo sulla piazza del paese. E che da quella volta tutti si sono convinti che tu sei una *strìa* entrata in contatto coi morti e che la tua famiglia sia stata maledetta. Non è così? È per questo che stai bene nel bosco da sola e non sopporti le persone?"

Tina chinò la testa, pentita delle confidenze che aveva appena fatto a Hilde. All'improvviso si sentiva fragile, esposta, vulnerabile.

"Non doveva dirtelo," bisbigliò.

"E invece sì, non ha fatto nulla di male. E non c'è nulla di male in te. Di me ti fidi?"

"Il mondo selvatico mi è sempre piaciuto, questa attrazione l'ho sempre sentita."

"Questo è sicuro, ma forse le due cose sono collegate, come tutto nella vita di ognuno. Ricordati che i morti sono sempre tra noi, ma non sempre ci visitano per spaventarci. A volte lo fanno per salvarci oppure per indicarci la nostra via. Ciò che per qualcuno può sembrare una maledizione diabolica, per altri può essere una via di salvezza, capisci? I *mòrč* non parlano con chiunque, e quando decidono di farlo c'è sempre un motivo importante. Se l'hanno fatto con te li devi ascoltare."

Tina le prese il bastone dalle mani e lo puntò verso la cima del Puez. Le tornarono in mente le visioni, la pioggia incessante, la voce di donna che la chiamava con insistenza. Tutte quelle immagini che sembravano un sogno ma che sogno non erano. Un brivido le scese lungo la schiena.

"Non so se è come dici!" rispose piccata riponendo il bastone a terra. "Non so neanche se è vero che sono sparita per una notte. Tutti ne parlano ma io non ricordo un bel niente! *Nìa*!"

"Non pensarci più, non volevo infastidirti né metterti a disagio," disse Hilde.

Invece Tina preferì continuare:

"È solo che mi piace stare nel bosco, tutto qui. Ci andrei a vivere. Io non voglio sposare nessuno: voglio rimanere sola, come te. Nemmeno tu ti sei mai sposata, vero? Me l'ha detto la mamma".

"È così. Sono una vecchia zitella," e rise compiaciuta.

Quindi con l'aiuto del bastone si rimise in piedi bofonchiando per i dolori alla schiena.

"E cosa mangeresti nel bosco? Sentiamo!"

Tina fece un sorriso furbo, una luce le attraversò lo sguardo.

"Bacche, erbe, radici, resine, miele selvatico... Non morirei di fame."

"Prima di tutto..." disse la vecchietta incamminandosi lentamente sulla via del ritorno, "...devi conoscere cosa *non* si deve mangiare." E cominciò a fare un elenco di piante sulla punta delle dita:

"Aconito, Mancinella, Bosso, Stramonio, bacche di Tasso, Colchico, Belladonna... Invece ora scendendo sui prati te ne mostrerò qualcuna curativa e preziosa per molte malattie, come il *fràsum*, il *fior da mile kros* e la *arba da le bausìe*. Gli italiani le chiamano frassino, iperico e piantaggine".

"Ne conosco già parecchie!"

"Non quante ne conosco io, ragazzina! Ho una certa età..."

Attraversarono un ghiaione ed entrarono nel fitto del lariceto e poi della pecceta. Sbucarono in una radura e Hilde mostrò a Tina alcune piante e fiori da evitare e altre di cui cibarsi e nutrirsi.

"Ma sappi che se un giorno deciderai di prendere la via del bosco, dovrai mangiare anche carne. Dovrai cacciare, Tina."

"Cacciare? Ma io non ho il coraggio di uccidere. E poi prima hai detto anche tu che..."

"Non bisogna uccidere per spietatezza o paura. Ma un'altra cosa è sacrificare per sopravvivere. La caccia non è un divertimento o una vendetta, ma un'usanza antica quanto il mondo; se la pratichi per sfamarti allora è un bene. A patto che venga fatto come ci insegnavano gli uomini che vivevano su queste montagne millenni fa: cacciare solo il necessario è un rito sacramentale, dopo il quale la preda va onorata. La si ricopre di frasche di larice e si accende un piccolo fuoco. Si chiama il fuoco del perdono, e attraverso il suo fumo l'anima dell'animale sale al cosmo e si prende cura della sua energia vitale che ci nutre e sostiene."

Tina era stupefatta.

"Ma tu come le sai certe cose?"

"Si tramandano, ma non tutti le osservano perché la gente non crede più allo spirito delle cose. Questo nostro mondo ha perso il contatto magico con la Madre Terra. Oggi gli uomini rifiutano il fuoco e adorano le ceneri. E tu questo lo hai capito benissimo, Tina. Hai capito che bisogna ascoltare la voce della terra e provare vergogna di fronte alla luce dell'alba e a quella della sera."

Non seppe cosa rispondere. Era solo grata a questa anziana signora con gli occhi da bambina, e sentì di volerle bene. Tanto bene. Come si vuol bene a un raggio di sole caldo dopo un mese di nebbia e pioggia.

Quando rientrarono a casa trovarono il cappellano che stava parlando con Marta sullo steccato dell'orto. Quando li raggiunsero, si misero in ascolto.

"Ma dove si trova questo maledetto confine?" stava domandando Marta.

Il cappellano, asciugandosi la fronte con un fazzoletto, disse:

"Si immagini una linea che collega ad anfiteatro le cime delle montagne: va dal Lagorai ai Monzoni, dalla Marmolada e dal Padón al Col di Lana e al Settsass, dal Lagazuoi alle Tofane".

Tina intervenne e disse forte:

"Ma quanto durerà?".

Il sacerdote sbuffò, con aria di rassegnazione. Abbassò la voce e mormorò:

"A metà luglio gli italiani hanno tentato l'assalto al Col di Lana ma per fortuna non ci sono riusciti. Questo però significa che se prima la guerra qui da noi doveva essere rapida, ora è diventata una cosa estenuante, di trincea...".

Hilde batté un pugno sullo steccato.

"Maledetti invasori italiani!"

Alla sera, stesa sul letto vicino alla candela accesa, Tina continuava a pensare alla guerra.

Lassù, dove avrebbero dovuto volare indisturbate le aquile reali e i gracchi corallini, soffiare il vento senza patrie e senza frontiere, e l'aria rimanere intatta e sottile, infuriava il conflitto tra gli uomini. Da quando Marta e Tina avevano dovuto lasciare la propria casa, la guerra tra austriaci e italiani sul fronte roccioso si era inasprita e accesa come una *césa de fén* che venga data alle fiamme. Gli scoppi delle granate e delle cannonate alle quote più alte delle Dolomiti si sentivano sempre più forti e frequenti, ormai a tutte le ore del giorno e della notte.

"A volte temo di non farcela," disse Marta rompendo il silenzio nella stanza. Le fiammelle delle due candele poste sui rispettivi comodini vibrarono insieme alla sua voce. Tina non disse nulla e continuò a scrutare il soffitto in penombra. Dopo aver respirato tutto il mattino i profumi del bosco e della montagna, ora sentiva le narici piene degli odori di quella stanza: muffa, fuliggine, calce e corpi spossati. Un odore vinto e malfermo che non prometteva nulla di buono.

"Scusami, Tina, non dovevo dirtelo..."

La piccola tirò su col naso.

"No mamma, hai fatto bene. Anch'io vorrei riavere il papà e tornare a casa tutti insieme. Anzi, vorrei tornare indietro nel tempo, prima di tutto. Prima di lasciare Fodóm, prima che il papà partisse, prima della guerra, prima di quella pioggia maledetta dopo la quale la mia vita è diventata un inferno..."

"Tina, *la vita l è na saéta de na stela che toma. L è l fie de n zarf d'invar.*"

Tina chiuse gli occhi e provò a immaginarsi la luce di una stella cadente e il fiato di un cervo in inverno.

"Quando ero piccola la mia *oma* mi ripeteva sempre questa frase, ma soltanto da grande ne ho capito il significato. Oggi più che mai."

"Ti voglio bene mamma. Lo sai, vero?"

"Certo che lo so."

Silenzio. Le candele tremolavano timidamente e muovevano le ombre proiettate sulle pareti della stanza come se volessero attirare l'attenzione e volessero dire: parlate ancora, su, donateci le vostre voci.

Marta, che come ogni sera portava i capelli sciolti, sempre più bianchi, ed era avvolta da una lunga vestaglia di lana per la notte, trovò la forza di riprendere un vecchio discorso lasciato a metà.

"Tempo fa mi chiedevi di mia mamma..."

"Te lo chiederei ancora se sapessi che ti fa piacere," disse Tina sollevando il capo dal cuscino di piuma.

"Vedi, mia mamma mi ha fatto soffrire molto, questo tu non lo sai."

Tina si alzò sui gomiti.

Con un soffio Marta spense la candela accanto a sé e disse: "Fallo anche tu, spegnila e ti racconterò".

Tina scese di scatto dal letto e spense la fiamma della sua piccola candela.

Mentre Marta raccontava, con tono dolce e malinconico, Tina immaginò la nonna con la lunga treccia scura che le dondolava sulla schiena mentre camminava verso il bosco, per non tornare mai più.

Tina sentì una scossa. Le parole le si strozzarono in gola.

Le visioni a occhi aperti e la voce femminile cominciavano a mettere a fuoco i frammenti di un mosaico che ancora non riusciva a decifrare ma che, ormai ne era certa, era lì, da qualche parte della sua memoria e della sua anima. Pronto a manifestarsi e a rivelarsi in tutta la sua verità.

Il bosco notturno, la pioggia incessante e la voce di donna che la chiamava con insistenza.

Li sentì chiaramente e si spaventò.

15.

Tina aveva da poco compiuto tredici anni e ormai aveva abbandonato certi giochi che faceva da piccola nel bosco. Si guardava spesso con interesse nel riflesso di un piccolo specchio scurito che aveva ritrovato in casa oppure sulla superficie del *lech dles ciamurces*, il laghetto dei camosci che distava un'ora di cammino da San Martino. Si inginocchiava sul bordo dell'acqua cristallina e notava ogni giorno che il suo corpo stava cambiando. Il seno cresceva e i fianchi si erano fatti più forti. Con attenzioni nuove, aveva cominciato a intrecciarsi i lunghi capelli sopra la testa.

Riprese a trascorrere molto tempo nei boschi, era diventata scaltra nell'eludere le guardie che impedivano a chiunque di andare in montagna. Camminava in silenzio, talvolta cantava canzoni che aveva imparato da piccola. Quando trovava un posto che le piaceva, si sedeva e stava lì anche due ore. Ascoltava e dialogava con gli animali, le piante, le rocce, il vento, i torrenti e poi con quella voce, con la donna che aveva udito per la prima volta sul monte Pore. All'alba, nelle radure circondate da cirmoli oppure al tramonto, tra i larici. O ancora sopra uno sperone di roccia. Anche quando si coricava, la sera, cercava di restare il più possibile nel dormiveglia per propiziare immagini, apparizioni, voci. Non temeva più il suo destino.

16.

In primavera, quando nelle vallate in basso iniziò il disgelo, tra i profughi ladini di Fodóm cominciarono a serpeggiare delle voci sulle numerose tragedie che i loro uomini avevano vissuto al fronte.

Voci che più circolavano e meno erano smentite dagli ufficiali austriaci e dai colonnelli che andavano e venivano dai quartier generali di Corvara e Brunico.

I soldati in alta quota sul fronte dolomitico avevano continuato a combattere una guerra di logoramento per tutto l'inverno, senza che uno schieramento prevalesse sull'altro. Avevano lottato non soltanto contro i rispettivi nemici, in tutto e per tutto uguali a loro, ma anche contro la fame, la solitudine, la follia, il gelo e una sorte maledetta che nessuno avrebbe voluto subire nel pieno della giovinezza. Copiose nevicate avevano colpito i soldati quanto e più dei cannoni e delle granate e molti erano morti di stenti, assiderati, e poi abbandonati a se stessi sotto la sferza impietosa dei venti rigidi dell'inverno.

Marta aveva preso l'abitudine di scendere fino alla piazza di San Martino ogni giovedì. Grazie all'impegno del parroco i profughi di Fodóm si riunivano in chiesa. Anche se i paesani erano sempre diffidenti con lei e non si fermava a conversare con nessuno, Marta ci andava lo stesso per assistere alla breve funzione, per confessarsi e soprattutto per raccogliere notizie fresche sugli uomini al fronte, aggiornamenti che provenivano direttamente dagli ambienti militari.

Erano passati due mesi da quando gli italiani avevano fatto esplodere e saltare la cima del Col di Lana, che gli austriaci chiamavano Blutberg, la montagna di sangue, e appena una settimana da quando gli austriaci avevano fatto brillare diverse mine sul Lagazuoi per scacciare i nemici abbarbicati sulla Cengia Martini.

Quel mattino, quando Marta raggiunse piano piano il sagrato della chiesa notò che erano tutti riuniti intorno a un ufficiale dell'esercito austriaco.

Prima ancora che li raggiungesse, le donne cominciarono a gridare di dolore e ad alzare le braccia al cielo. La signora Pallua e la Foppa si abbracciarono e si inginocchiarono piangendo, la signora Dariz cadde a terra e venne subito soccorsa da Masarei, il quale mollò una delle stampelle e tentò di darle coraggio. Un attimo dopo il militare se ne era andato e il sagrestano rimase impalato, da solo, di fronte a una ventina di donne, bambini e anziani disperati. Marta si appoggiò con una mano al muretto a fianco della chiesa, si sentì mancare, la vista si annebbiò e le parve di vedere tutto viola, come se il mondo si fosse fatto improvvisamente livido. Alcune donne del paese si avvicinarono per soccorrere e sostenere le vedove di Larcionèi. Oswald scorse Marta una ventina di metri più in là. Raccolse la sua stampella e la raggiunse.

Nonostante una gamba sola, Masarei la afferrò e la tirò su con forza e la abbracciò. Aveva gli occhi lucidi, la sua espressione tradiva un dolore atroce che lo dilaniava, ma si fece forza:

"L'ufficiale ha detto che da tempo non ci sono notizie dei nostri compaesani. Difficilmente qualcuno si è salvato, soprattutto quelli mandati in Galizia... Ha detto che dobbiamo rassegnarci ma che se ne sono andati eroicamente. Sono deceduti tutti, Marta. Mi dispiace... Io a Paolo volevo bene, lo sai".

Lei non rispose, piangeva e basta, ma in silenzio, con dignità.

Masarei la confortò e la accompagnò fino alla casa di frau Hilde.

Quando Tina rientrò, vide sua madre stesa a letto.

"Cos'hai?" le chiese. Si avvicinò al capezzale e le prese dolcemente le mani. Non aveva mai visto sua madre a letto di giorno, di solito Marta nascondeva le sue angosce nel fare, ancor di più nei momenti di sofferenza. Marta non rispose. La sua pelle era grigia, gli occhi chiusi attorniati di rughe che sembravano appena sorte, come sulla terra bruciata da un sole cocente.

"*Oma, tutto bén*?" la strattonò.

Marta aprì appena la bocca e le labbra sottili si mossero quel tanto che bastò per dire:

"Il papà, Tina. Il papà... Sono venuti a dirci che...".

Tina si alzò in piedi di scatto e gridò:

"Non dire niente! Niente!".

Si voltò verso la porta e vide Hilde con le mani giunte in preghiera che tenevano un rosario penzolante. Con uno scatto uscì dalla stanza, poi dal corridoio, infine dalla casa e una volta fuori corse così forte che perse le scarpe. Risalì il prato e raggiunse il bosco. Tagliò un sentiero e si precipitò in verticale fino ai larici verdi che si ergevano oltre la fitta pecceta. Solo allora, sfinita e tremante, si appoggiò al fusto di uno di quegli alberi e lanciò al cielo un grido potente, con tutta la forza e la voce che aveva in gola.

Abbracciò forte l'albero fino a graffiarsi il viso con la sua corteccia. Alzò lo sguardo e con un salto si aggrappò a un primo ramo, il più basso. Da quello risalì ansimando a un secondo e poi a un terzo, sempre più in alto. E poi ancora più su, finché giunse quasi a metà altezza della pianta, a una decina di metri da terra. Si sedette su un ramo, abbracciò di nuovo il fusto e finalmente si lasciò andare a un pianto dirotto. Sembrava che le lacrime non si fermassero più e che il suo cuore si stesse sciogliendo come un manto di neve percosso dalla pioggia. Non si rese conto di quanto tempo passò, ma il cielo si fece buio e le stelle diedero il cambio al sole. Tina non avrebbe più voluto scendere, si disse che non avrebbe mai più toccato terra, voleva solo rimanere sospesa lì, tra la foresta e il cielo, non avere più a che fare con quella terra dove camminavano gli esseri umani, gli stessi delle guerre, delle violenze, dei soprusi, dei pregiudizi, delle slealtà, delle menzogne.

Pianse suo papà, non poteva e non riusciva a togliersi dalla testa il fatto che nulla avrebbe potuto restituirglielo. Sotto l'albero passò un capriolo che non si accorse di lei, e poco dopo anche una volpe con un cucciolo, che invece alzarono la testa e fiutarono qualcosa prima di andarsene pacificamente. "Sembriamo io e papà," si disse Tina, "quando andavamo a far lavori nel bosco o al canapaio o a sistemare legna."

"Foresta che mi accogli sempre, dai tu un senso a questa mia vita."

Respirò a fondo e provò a stendersi sul grosso ramo. Si appoggiò con la schiena al fusto del grande larice e allungò le gambe mettendole una sopra l'altra. Tirò fuori dalla tasca della gonna la vecchia pipa ricurva, riempì con cura il fornelletto e fece una prima, profonda tirata. Dall'altra tasca estrasse l'angioletto di cirmolo che anni prima suo padre aveva scolpito per lei. Chiuse gli occhi e con le dita gli toccò il viso, i capelli e le ali.

"Vorrei essere te. Per poter volare via da tutto."

Aspirò un'altra boccata di fumo dolciastro e si mise in ascolto dei suoni del bosco.

"Lo so che sei qui con me, *tati*. Sarai sempre dentro di me."

Quando riaprì gli occhi vide la luna spuntare tra i rami degli alberi.

Si vide da fuori, era una bambina scalza che camminava nel bosco di notte, sotto una pioggia battente, risaliva in un bosco di tassi affondando i piedi nel fango finché a un certo punto due braccia vecchie e scheletriche scesero dai rami di un albero e la tirarono su con forza in un istante.

17.

Tina era stesa sul solito ramo, calzava le scarpe di cuoio consumate che Hilde le aveva procurato da una nipote, e sulle spalle indossava un mantello di mezzalana. Il grande larice che la ospitava sembrava una gigantesca corona regale, tanto splendeva di giallo, oro, rosso. Alla fine di ottobre del 1917 le foreste di latifoglie nelle vallate più in basso erano un trionfo di colori caldi che andavano dal giallo vivo al cremisi. Dal canto loro, alle quote più elevate, ai piedi delle Dolomiti i larici vestivano l'abito più bello, coi loro aghi come sottili fili d'oro e di rame. Era passato più di un anno da quando Tina si era arrampicata su quell'albero per la prima volta, e ormai era diventato il suo rifugio, la sua isola felice, il nascondiglio perfetto dove respirare un po' di pace, soprattutto dopo che Marta si era ammalata di nervi e aveva finito per non alzarsi quasi più dal letto, nonostante la benevola insistenza della vecchia Hilde.

Per Tina, quest'ultima era diventata ormai l'unico punto di riferimento. Hilde era la sola persona a cui poteva raccontare le sue paure, con cui sedersi a pranzo e a cena e far andare avanti la casa. Per lei, quella donna diventò una seconda madre. La vecchietta badiotta dedicava a Tina ancora più tempo. Al mattino passeggiava più volte con lei, al pomeriggio chiacchierava di più, alla sera guardava più a lungo le stelle nel firmamento.

Tina stava accanto al capezzale di Marta per ore, se ne prendeva cura e tentava di convincerla ad alzarsi. Talvolta ci riusciva, altre volte no. Le parlava della fortuna che loro due c'erano ancora ed erano insieme, le parlava di quando sarebbero tornate a casa, delle valli e dei monti della sua infanzia. Ora toccava a lei, che aveva quattordici anni e l'espressione impenetrabile di un'anziana saggia, sostenere la donna che le aveva dato la vita.

Dopo la notizia della morte di Paolo, Tina si era ritrovata doppiamente sola, come se in un unico colpo avesse perso il papà e anche la mamma.

L'alternanza tra l'amore di Hilde e l'isolamento tra i rami più alti del suo amato larice bastò a non farla impazzire. Lì, su quell'albero, cominciò a costruirsi un nuovo equilibrio interiore e una forza per affrontare la realtà che l'avrebbe accompagnata per sempre. Poco a poco svanirono le visioni, così come la voce che la chiamava, e lei iniziò a convincersi che quelle cose appartenevano ormai a una tappa conclusa della sua vita, come certe foschie primaverili che, così come vengono, poi se ne vanno.

Gli ultimi mesi del 1917 furono quelli più duri, non solo per i combattimenti estenuanti che ancora si facevano sulle cime delle montagne precocemente innevate. Quel giorno di ottobre Tina se ne stava seduta ai piedi del suo grande larice con la pipa in bocca e fumava erbe speciali che aveva imparato a conoscere ed essiccare, sostituendole al tabacco che a causa della guerra era sempre più difficile da reperire. D'un tratto udì dei passi avvicinarsi. Erano quelli di un uomo che procedeva sicuro verso l'albero sollevando a ogni passo qualche foglia d'acero già caduta dalle piante. Tina scostò il viso e indirizzò le orecchie a quel rumore fino a che questo non fu a ridosso dell'albero. I passi rallentarono e poi si arrestarono. Silenzio. Tina rimase ferma e cercò di nascondersi ancor di più, poi sentì il larice vibrare, come per effetto di una leggera scossa. Attenta a non farsi vedere, si sporse e guardò alle sue spalle, ma non vide niente, poi capì che qualcuno si stava nascondendo.

"Contenta di vedermi?" gridò Francesco Foppa sporgendosi dal fusto e sedendosi accanto a lei.

Tina si sentì offesa, come se Francesco avesse violato un suo segreto.

"No, per niente! Come hai fatto a trovarmi?"

Lui ridacchiò e disse:

"È bastato seguirti di nascosto. Sono mesi che te ne vai per ore e nessuno sa dirmi dove, allora ho deciso di scoprirlo da solo, no?".

Tina si innervosì:

"Non dovevi farlo, Francesco. Se vengo qui è perché voglio starmene da sola!".

"Quando ti arrabbi mi piaci ancora di più," disse lui appoggiando la schiena sul tronco.

Tina arrossì e inarcò le sopracciglia, un po' incredula e un po' beffarda. Con un gesto di stizza scosse i capelli, lunghi come l'ala dell'aquila reale.

"Ti porto una notizia grandiosa!" esclamò lui. Tirò fuori un pezzo di carta dalle tasche, era un ritaglio di giornale tutto spiegazzato. Lo aprì per bene e lesse:

"All'alba del 24 ottobre 1917, un'armata congiunta austro-tedesca ha travolto le malpreparate trincee italiane nel settore dell'alto Isonzo...".

Tina si voltò dall'altra parte, tirando forte la pipa.

"Ma ti rendi conto? Senti qui come va avanti..." e continuò a leggere eccitato.

"Gli italiani, nonostante numerosi tentativi di rallentare il nemico, sono stati costretti a ritirarsi di oltre centocinquanta chilometri sino al Piave... Tina, ti rendi conto di cosa è successo? Capisci cosa significa? Che stiamo vincendo la guerra!"

Lei rimase impassibile. Svuotò la pipa, la ripose in tasca e disse:

"Potranno finire i combattimenti, ma per noi questa guerra non finirà mai: guarda come siamo ridotti! Guarda i tuoi occhi come sono cenere. Anche quando gli uni o gli altri diranno di aver vinto, chi ci ridarà i nostri morti? Chi ci ridarà mio papà e tuo papà? Chi ci restituirà la nostra infanzia, le nostre montagne, che hanno devastato con le bombe? Chi? Gli uomini in uniforme, gli stessi che hanno seminato morte e sangue e ora anche la fame? Nuove bandiere con colori uguali o diversi ma utili solo ad ammazzare la povera gente e seminare ingiustizie? Va' là, va' là. Io non credo più a niente, Francesco. Beato te che ancora stai dietro a queste cose. Gli uomini non cambieranno mai...".

E si voltò dall'altra parte, verso la cima del Sass de Putia.

Francesco tacque, ripiegò lentamente il pezzo di giornale e lo rimise in tasca.

"Quello che dici è una *tontolonada*, Tina. E come sempre tu dimostri di essere un bastian contrario, lo sei sempre stata, ma non pensavo fino a questo punto. Stiamo parlando della fine della guerra, *hostia*!"

"Sei tu che non capisci. Che a comandare siano i *todésch o i talian*, a noi ladini ci metteranno sotto e ci umilieranno sempre, lo vuoi capire? Guarda cosa sono diventate queste terre. Ti sei dimenticato che queste montagne siamo noi? Hai dimenticato che queste crepe pallide e queste foreste sono la nostra anima, la nostra identità?"

Francesco sbuffò e fece una smorfia di scherno.

"Tu sei matta, io non ho mai pensato queste cose qui..."

"Lo so, non mi hai mai capito anche se volevi essere mio amico, ma è troppo tardi ormai."

Francesco la guardò mentre lei era di lato. Il naso all'insù, il seno generoso, i lunghi capelli neri che arrivavano al fondoschiena. La brezza fresca che alitava tra gli alberi li muoveva leggermente.

Il ragazzo avvertì nel corpo una scarica di adrenalina. Il tono della sua voce cambiò.

"Tina!" esclamò. "Girati."

Fu un attimo. Non appena lei si voltò, come fa la vipera che per mordere la preda si attorciglia e poi scatta di colpo, così Francesco le saltò addosso e la baciò sulla bocca. Altrettanto rapidamente lei gridò e tentò di divincolarsi. Si sollevò e incrociò lo sguardo minaccioso di lui.

"Tanto *te ciàpe*!" rise il ragazzo.

Tina si fece seria e il suo cuore prese a battere forte.

"Ma sei *ciuch*? Che ti prende? Non ci provare!"

Lui balzò per acciuffarla e lei, girando intorno all'albero come una *schirata*, si attaccò a un ramo sopra di sé e con un colpo di reni balzò via ruzzolando sul prato. Non ebbe nemmeno il tempo di rialzarsi che Francesco le fu sopra, la placcò e la girò pancia all'insù immobilizzandola con una forza bruta. In quell'istante lei lo guardò sperando che si trattasse di un brutto scherzo ma negli occhi del ragazzo, semicoperti dai capelli ricci che gli scendevano sulla fronte, vide qualcosa di truce, uno sguardo assente e cattivo che nel suo vecchio amico non aveva mai visto prima.

"Mollami!"

Francesco la teneva ferma con un ginocchio mentre tentava di levarle la camicia e la gonna. Le aprì le gambe e cominciò a slacciarsi i pantaloni.

Tina prese a dibattersi con tutte le forze che aveva, cominciò ad agitarsi e gli sputò in faccia.

"Smettila, stupida! Lo so che hai voglia anche tu!"

Stava per strapparle le mutande quando lei riuscì a liberare il braccio sinistro. In un baleno afferrò l'angioletto di legno che era rotolato fuori dalla sua tasca e lo batté ripetutamente sul naso di Francesco il quale urlò di dolore e cadde di lato con il volto insanguinato. Tina si alzò di scatto, si tirò su la gonna e filò via con le lacrime agli occhi, incuneandosi in discesa tra gli abeti rossi.

Correndo a perdifiato verso la casa di Hilde, le tremavano le gambe. Era spaventata e incredula per quanto accaduto. Non si sarebbe mai aspettata niente del genere da Francesco, si sentiva tradita, umiliata, come aveva potuto trasformarsi in quel modo, quante ombre celava quella persona che lei credeva di conoscere a fondo?

Un piede veloce dopo l'altro tra sassi, cespugli di rovi, massi, ceppaie e fusti di abeti. Sentì la forza improvvisa di braccia vecchie e ossute, ma forti, che in una notte oscura la prelevarono da un bosco fradicio per sollevarla su un albero di tasso. Intanto Tina correva, scappava da tutti gli uomini, dal mondo, come aveva sempre fatto, come sapeva che avrebbe fatto anche in futuro. Corse, e mentre si avvicinava al paese di San Martino si rivide di nuovo in quel sogno. Scorse due mani anziane, intirizzite come due rami di ontano verde che la accarezzarono, ma non capì di chi fossero e non vide il volto di quella persona. Aveva smesso di piovere e dalla spessa coltre di nuvole in cielo era spuntata la luna piena. Gli animali del bosco cominciarono a gemere, ululare, abbaiare, cantare. Poi la visione passò altrove e Tina si rivide dentro un vecchio *tabié da mont*, uno di quei piccoli fienili di alta montagna che puntellavano i pascoli del Pore. Non c'era mai stata prima. Era stesa in un giaciglio, protetta da una vecchia coperta di lana maleodorante. L'aria invece profumava di fieno secco, muschio passito e dolomia. L'ambiente era spartano, fatto di pietre, assi di larice grigio, stagionato da secoli e *lèn butai* che facevano da travi del soffitto insieme a delle scandole di larice ricoperte di licheni. Il fuoco lento e crepitante che ardeva dentro una piccola stufa a legna illuminava tutta la piccola baita. Il *tabié* doveva essere nascosto, probabilmente incastonato nella crepa di una montagna perché dalla finestra vedeva la pioggia lontana ma non la sentiva battere sul tetto.

Ogni nuova immagine e ogni nuova suggestione si aggiungeva a quelle precedenti e tutte insieme finalmente iniziavano a delineare una traccia. Di chi erano quelle mani, chi era quella persona che l'aveva tirata su? Dove era quel *tabié*?

In un istante la suggestione svanì e Tina si ritrovò di nuovo accucciata nel bosco. Riprese a correre e quando raggiunse la casa di Hilde era in apnea. Si appoggiò allo steccato dell'orto e poi si accasciò a terra. Le vene sulle tempie pulsavano come le asce sui pecci. Credette di svenire ma poco a poco riprese fiato. Si sistemò la camicia, la gonna e si rialzò. Immerse e lavò nel *fistìl* l'angioletto che era intriso di sangue.

Entrò in casa, si rifugiò subito in camera e si infilò sotto le coperte. Era ancora pomeriggio, ma decise che sarebbe rimasta lì. Era il modo migliore per calmare il suo animo, e poi aveva bisogno di stare accanto alla mamma, la sua *oma*.

Marta sembrava dormire, ma ben presto Tina capì che non era così. Senza muoversi dalla sua posizione supina e senza aprire gli occhi, con un filo di voce la donna sussurrò:

"Cosa ci fai a letto a quest'ora?".

Ormai si alzava poco e mangiava meno di una *tordela*.

Tina rimase immobile. Guardò il fascio che la luce stanca del giorno filtrava dalla piccola finestra e andava a posarsi ai piedi del proprio letto.

"Sei molto agitata, cosa è successo? Le vibrazioni della tua ansia arrivano fino a me," continuò Marta.

"Niente, mamma. Ho solo sonno e voglio dormire."

"Le mamme non capiscono le cose, le sentono. Perciò non mentire, Tina..."

La ragazzina si girò dall'altra parte, imbarazzata. Sbuffò, chiedendosi se avesse dovuto dirle tutta la verità. Pensò che era certamente meglio tacere.

"Francesco Foppa mi ha aggredita, ma sto bene, non preoccuparti!" disse tutto d'un fiato. E ancora:

"Mi ha baciato e poi ha cercato di fare anche peggio ma io sono riuscita a scappare".

Marta aprì gli occhi di scatto e cercò con fatica di sollevarsi a sedere.

"Stai bene? Ti ha fatto male?"

"Sto bene, sto bene."

Per la prima volta dopo tanto tempo non si sentivano gli scoppi e gli echi della guerra provenire dalle cime lontane.

"Figlia mia, mi dispiace..."

Tina uscì velocemente dal letto e andò ad abbracciarla.

"*Oma*! Ti voglio bene."

"Anch'io te ne voglio, Tina. Anch'io."

Dopo qualche istante la donna chiese:

"E come hai fatto a scappare?".

"L'ho colpito al viso più forte che potevo." Andò a recuperare l'angioletto di legno sotto il cuscino e glielo mostrò.

"*Tati* è sempre con te, ah?" provò a sorridere la donna.

Tina rise. Marta però si fece di nuovo seria.

"Hai fatto bene. Dovevi dargliene anche di più." Negli occhi scavati di Marta balenò una lingua di fuoco che Tina non vedeva da molto tempo. "Nascere femmina significa anche questo..." aggiunse con una vena di tristezza e rabbia.

Marta prese un lungo respiro e Tina le accarezzò la mano, in ascolto.

"I maschi sono quasi tutti così... E quelli che bevono ancora peggio, quelli che si attaccano alla bottiglia sono veri diavoli! È proprio vero che chi non riesce a fare luce fa ombra."

Fece una pausa e poi aggiunse:

"Sapessi, Tina, sapessi quanto era violento mio padre con mia madre".

Si portò le mani al viso.

"Quante ne ho viste, quando ero piccola, e quando avevo la tua età. Il mio grande rammarico è quello di non essere mai stata capace di impedirlo, di fare qualcosa. Quando lui beveva e la picchiava io mi paralizzavo, incapace di muovermi. Mani e bastone, bastone e mani..."

Ora sembrava che Marta parlasse da sola, come se dei fantasmi le dettassero le sue memorie e lei ripetesse ciò che vedeva comparire nella sua mente in forma di immagini.

"Tuo nonno Otto era sempre via, faceva il mercante di stoffe e girava per le piazze delle Dolomiti. Stava via anche settimane e quando tornava erano sempre guai, soprattutto per la mia povera madre. Quante ne ha prese..."

Tina chinò il viso sulle mani nodose e piene di vene della mamma. Si sentiva scoppiare il cuore.

"Per questo non mi hai mai raccontato del tuo passato... Mi dispiace molto, mamma."

Marta riprese forza e disse:

"Per fortuna tuo padre con me è sempre stato gentile... Quasi sempre".

"Lo so, mamma."
"La gentilezza e il rispetto sono la base di un matrimonio, non dimenticarlo."
"Io non mi sposerò mai!"
Marta si voltò lentamente, la fissò con lo sguardo rassegnato.
"Da piccole diciamo tutte così ma poi ci caschiamo e ci lasciamo cogliere come pomi in ottobre."
"Io non cambierò idea, mamma!" insisté Tina.
Marta era senza forze. Si stese nuovamente a letto.
"Almeno un piatto di minestra lo devi mangiare," le disse Tina.
"Grazie, ma Hilde me lo ha già dato poco prima che tu arrivassi, sto bene così. Quanto è gentile Hilde, vero? Un angelo. È stata la Provvidenza a mandarci qui da lei."
Tina sorrise.
"Lo penso anch'io, mamma. Hilde è davvero speciale, mi ha anche insegnato un sacco di cose nuove, sai?"
Tina si coricò al suo fianco, stesa accanto a lei come quando era piccina, dopo aver letto una leggenda ladina o una fiaba particolarmente paurosa. Si sentì bene, al sicuro, come non capitava da anni.
"Sai mamma..." cominciò. "Mi hai sempre chiesto qual è il mio segreto, il segreto di quella notte dei *mòrč*, quando dite che sono sparita."
Marta chiuse gli occhi e annuì.
"Il fatto è che io davvero non ricordo nulla di chiaro, però..."
Un attimo di silenzio.
"Però da quella notte qualcosa di strano ha iniziato ad accadermi davvero... ma se te lo dico ho paura che tu mi creda *mat o ciòca*. Oppure una *strìa*, come tutti gli altri."
"Dimmi, Tina. Ti voglio bene e non penserò mai male di te, ho solo paura per te, che è diverso. Non avere rimorsi, io non vivrò così a lungo..."
"Non dirlo nemmeno, mamma!"

"Parla. Ti farà bene."

"Mi ricordo che subito, nei giorni successivi, ho iniziato a sentire una voce... Una voce buona, di donna, un suono mite e confortante che mi chiamava a sé. E questa voce la sentivo e ancora la sento improvvisamente, quando meno me l'aspetto. Una voce che viene dal Pore, la nostra montagna, mamma. Una voce calda, mansueta, irresistibile. Mi chiama e mi invita a raggiungerla."

Marta deglutì e le venne la pelle d'oca.

"Ma c'è dell'altro, mamma. Faccio dei sogni a occhi aperti, come delle visioni, delle apparizioni che mi attraversano la mente e gli occhi senza preavviso, e ora inizio a credere anch'io che abbiano a che fare con quella notte, sai? Più passa il tempo e più si aggiungono dei pezzi, come se si stesse ricostruendo qualcosa nella mia memoria, forse un incubo o forse un ricordo che ho rimosso, non so..."

"E poi cosa hai visto?" chiese Marta, gli occhi serrati e le palpebre che tremolavano.

"Ho visto tanta pioggia, tantissima pioggia. E mi sono vista camminare nel bosco, non so dove esattamente. Affondo i piedi nel fango e procedo in salita. E piove così forte che non si vede niente. Poi vedo un *tabié da mont* e mi ci ritrovo dentro, da sola, accudita per bene e asciutta. Ma prima ancora, prima del *tabié* mi perdo in un bosco di tassi e improvvisamente..."

"Cosa?"

"Improvvisamente due braccia, vecchie ma forti mi tirano su e mi portano in salvo su un albero."

Marta aprì gli occhi e si tirò su di soprassalto.

"Cosa c'è mamma?"

Marta afferrò il bicchiere d'acqua sul comodino e ne bevve un piccolo sorso come se fosse un intero torrente.

Tina la abbracciò per calmarla.

"Ti ho spaventata?"

Marta tornò in sé e ripose il bicchiere al suo posto.

"Tina..." bisbigliò. "Quella notte tuo padre e Oswald

Masarei ti hanno cercato a lungo ed entrambi hanno detto che le tue tracce terminavano proprio in un bosco di tassi."

Tina si alzò dal letto sbigottita. Marta le afferrò una mano e gliela strinse forte.

"Non avere paura! Non parlarne con nessuno. Io l'ho sempre sospettato. Ma il fatto che tu stia iniziando a ricordare è un buon segno, Tina. Molto buono. La tua sparizione ha a che fare con loro, coi nostri *mòrč*."

Terza parte

1.

Il parroco si recò due volte a casa di frau Hilde per chiedere a Marta e Tina che intenzioni avessero. Con il volto rubizzo, illuminato dalla candela posta al centro del comò nella loro camera da letto, il prete disse:

"Mi dovete dare una risposta. Ho solo bisogno di un no o un sì perché devo parlarne con gli altri e organizzare i carri. Volete tornare a Larcionèi?".

Marta era stesa, con gli occhi socchiusi, Tina era seduta al suo capezzale, Hilde stava in piedi, davanti alla porta.

I giorni precedenti Tina ne aveva parlato con entrambe, i dubbi rimanevano, non si trattava di una decisione facile.

Dopo qualche istante di silenzio, Marta tossì fiaccamente e disse:

"È giusto tornare".

Tina la fissò. In quell'espressione di volontà c'era tutto il desiderio di sua mamma di chiudere un cerchio.

Avrebbe potuto chiedere a Hilde di rimanere lì con lei, oppure di tornare in Val di Fassa, di dove era originaria la sua famiglia, invece no.

"Sarà dura, soprattutto per te, Tina. La nostra casa è lì, lo spirito di tuo padre è lì e lì c'è il nostro respiro," aggiunse Marta.

"Bene," disse il prete. "E tu, ragazza, cosa ne pensi?" chiese rivolgendosi a Tina.

Lei era persa nei suoi pensieri che la portavano al papà,

alle piantagioni di canapa, all'infanzia felice, prima che accadesse ogni cosa, prima che il vento si portasse via tutto.

"Allora?" la incalzò il prete.

"Dobbiamo tornare a casa."

Tina sapeva che tornare al suo piccolo paese non avrebbe significato riconciliarsi con il passato né tanto meno ristabilire la felicità della sua infanzia. Se infatti il tempo non è mai dettato dal calendario e dalle stagioni quanto piuttosto dalle esperienze e dalle prove della vita, quella passata da Tina in esilio era stata un'epoca infinita, un'era durante la quale tutto era cambiato e nessuno, tanto meno lei, poteva avere idea di cosa il futuro avrebbe riservato né cosa poteva essere diventata Larcionèi. Se ne era andata da casa che aveva dodici anni e ora si preparava a tornarvi quando andava per i sedici.

Anche Marta sapeva che a Larcionèi non avrebbe certamente ritrovato il tempo che fu. Tutt'altro. Era convinta che una volta giunta a casa il suo cuore avrebbe tremato e sarebbe stato messo a dura prova. Voleva tornare in onore del suo passato, della sua idea di famiglia e per una questione di lealtà nei confronti di Paolo. Glielo doveva. Sarebbe dovuta rientrare tra quelle mura per lui. Continuava a pregare affinché Dio desse a lei la forza di riuscirci e a sua figlia la forza di mettere a fuoco il proprio destino, scegliendo la strada giusta per la sua vita, qualunque essa fosse.

2.

Nonostante la disfatta italiana di Caporetto, alla fine dell'estate del 1918 la monarchia asburgica si era disgregata e il 3 novembre era stata costretta a firmare l'armistizio con l'Italia.

In attesa che l'esercito italiano occupasse il territorio dolomitico conquistato, alcuni tra gli sfollati sopravvissuti e riparati nelle vallate vicine tentarono di organizzarsi per fare ritorno nei propri villaggi. Ai pochi abitanti di Larcionèi che avevano ricevuto ospitalità dai confratelli ladini della Val Badia fu consigliato di attendere la primavera perché le notizie ufficiali che arrivavano da fonti militari parlavano di paesi distrutti e da ricostruire, e con l'inverno alle porte non sarebbe sopravvissuto nessuno.

Con la forza d'animo simile a una fiammella rimasta miracolosamente accesa nonostante il vento impetuoso, tutti insieme decisero di partire lo stesso, qualche giorno prima di san Martino che, come dicevano i proverbi: "*Vëgn adalerch cun le mantel blanch a tó alberch*", viene col mantello bianco a chiedere alloggio. E per chiedere alloggio nella propria casa si rimisero in viaggio come tanti umili san Martino.

A Tina, Hilde aveva raccontato che, prima della guerra, in onore del santo si teneva una festa notturna durante la quale ogni bambino portava una lanterna e doveva seguire un cavallo bianco per le vie del villaggio che portava il suo nome. Ma in quegli anni non era più tempo di feste e leggende, ché la grande storia aveva colpito col martello d'acciaio ogni angolo di quelle montagne.

"Ce la fai, mamma?" le chiese Tina.

Era passato un anno da quando i nervi e la testa di Marta si erano arresi e l'avevano costretta a letto. La vecchia Hilde, ma soprattutto Tina, si erano prese cura di lei come se fosse tornata a essere una bambina in culla.

Lentamente, un piede dopo l'altro, pur senza fiato e con le gambe molli come *puìna*, Marta riuscì a salire sulla cassetta del vecchio carro di legno con l'aiuto della figlia, ormai divenuta più alta di lei. In quella mattinata di primo novembre il sole era ancora basso nel cielo e l'aria fresca ma non fredda. Marta era avvolta da una coperta di lana e per terra era stato predisposto uno spesso strato di juta affinché vi si potesse stendere per tutta la durata del viaggio.

Coi capelli neri che le scendevano dritti lungo la schiena, una magrezza figlia di digiuni e notti insonni e gli occhi carichi di emozione, Tina fece delicatamente coricare sua madre sul carro e le accarezzò il viso, mentre Hilde parlava in badiotto stretto con l'uomo, un tipo ossuto e con una lunga barba nera che gli ricopriva quasi interamente il volto, che avrebbe dovuto accompagnare le due donne in Fodóm.

"Stai bene messa così?" chiese Tina stringendo la mano destra della mamma.

"Sì," sussurrò lei.

Marta aveva trentadue anni ma ora ne dimostrava trenta di più. Non parlava quasi mai e, se lo faceva, era solo con Tina. I suoi capelli si erano fatti tutti bianchi e ruvidi come il fieno di settembre, lo sguardo vuoto, la pelle del viso era ingiallita e ricoperta di rughe, le ossa sporgevano dal suo corpo come quelle dei camosci ammalati di rogna.

Quando l'uomo barbuto salì sulla seggetta di guida e afferrò le redini, con un balzo Tina scese dal carro e abbracciò forte Hilde.

"Non è facile dirti addio!"

"Nemmeno per me, ormai sei come una figlia, Tina. Abbi cura di tua madre."

"Tornerò da te, quando potrò. Promesso."

La vecchia le prese il viso con due mani e la guardò dritto negli occhi, fissandola come se volesse imprimere qualcosa nel suo sguardo. In quell'istante Tina rivide tutte le camminate che negli ultimi tempi aveva fatto con lei nel bosco, le tornarono in mente tutte le cose preziose e segrete che quella vecchietta mite e decisa le aveva insegnato, tutto l'amore che le aveva dato.

Tina abbassò leggermente il capo come in una specie di inchino, quel tanto che bastò perché Hilde arrivasse a baciarle la fronte.

"Tina..." le bisbigliò.

"*No sta a ziede! Te risćiasse de l fa na ora davant dal miracol,*" le disse accarezzandole i capelli.

Gli occhi della ragazza si illuminarono. Hilde continuò:

"Capito? Segui la tua via e non arrenderti. Rischieresti di farlo un'ora prima del miracolo".

Si abbracciarono ancora, quindi Tina salì sul carro dove c'erano sacchi di patate e farina. L'uomo fece muovere i due buoi e le ruote di legno cominciarono a cigolare.

Tina salutò ancora una volta la donna e restò a guardare quella sua casa in pietra a fianco del torrente che per tre anni era stata la loro dimora, il rifugio delle due Thaler.

Il suono del torrente accompagnò il movimento del carro verso il paese, affievolendosi mano a mano che la strada digradava. Marta sembrava dormire, anche se nel suo volto non era facile distinguere il sonno dal sogno. Tina aveva imparato a farlo osservando la leggera curvatura delle sue sopracciglia. Sapeva riconoscere se sua madre si chiudeva in un profondo silenzio dell'animo e del corpo, come fanno certi animali che per difendersi dai predatori si fingono morti.

"Si torna a casa, mamma, e non avere paura. Stavolta sono io che te lo chiedo."

Marta mosse un angolo della bocca. Tina si voltò indietro, ma Hilde era già sparita dietro le pareti degli antichi tabià nel centro del paese.

Quella vecchia le aveva insegnato che la sapienza e la felicità risiedono nelle cose più umili, nella loro sacralità. Fece un lungo respiro, passandosi una mano tra i capelli.

Nel suo cuore il richiamo verso Fodóm, il richiamo della *Heimat* era fortissimo, irrinunciabile, tuttavia in lei covava una paura che le faceva tremare le gambe.

Il carro risalì la Val Badia e raggiunse prima Pedraces, poi La Vila e infine Corvara, unendosi agli altri cinque carri carichi di gente che voleva tornare in Fodóm, poco o niente rispetto ai dodici che allo scoppio della guerra erano partiti da Larcionèi.

Radunati tutti sulla piazza del mercato di Corvara, donne, vecchi e bambini sembravano spettri silenziosi. Tina guardò i suoi compaesani, erano rimasti davvero in pochi. La vedova Troi era morta due anni prima, da poco invece se ne erano andati all'altro mondo il vecchio Giuseppe Ploner e Serafina Pallua. Così le aveva riferito il prete, quando era venuto a dire che sarebbero potute tornare a casa. Qualcuno invece aveva deciso di rimanere lì, qualcun altro aveva preso altre strade, verso Brunico o Bressanone. Per non parlare di tutti quelli, ed erano i più, che nel momento di abbandonare Larcionèi erano stati mandati in Boemia o nel cuore del Tirolo. Di loro nessuno aveva più avuto notizie.

A Corvara restarono fermi alcune ore, prima per aspettare che tutti i carri raggiungessero il punto d'incontro stabilito e poi perché alcuni uomini insistevano per volerli scortare fino a Pieve di Livinallongo. Intorno a loro andavano e venivano divise italiane, che nel corso degli ultimi giorni si erano sostituite a quelle austriache.

"Le Thaler tornano a Larcionèi, porco *el diàol*! Vuoi vedere che arrivano nuove disgrazie?" sentì gridare Tina alle sue spalle. Si voltò di scatto, era il vecchio Alfreider che camminava verso di loro, visibilmente ubriaco.

Marta riconobbe la voce dell'uomo, aprì gli occhi e con un timbro più forte del solito disse a Tina:

"Non rispondere alle provocazioni e fa' la tua vita. *Descor domá co t'es sigura che ce che te dijaras l'è meo che l tàje*".

"Parlare solo quando si è sicuri che ciò che si dirà è meglio del silenzio, hai ragione, ma dovresti dirlo a lui, non a me!"

Non riuscì a trattenersi.

"Perché non ci rimani tu, qui, eh?" gridò Tina con le mani ai lati della bocca per farsi sentire meglio. Al che l'uomo tentò di scagliarsi verso di lei ma cadde goffamente a terra e si rialzò solo a fatica. Oswald Masarei lo raggiunse e lo prese per il bavero della camicia. Agitò una stampella per aria e lo minacciò:

"Datti una calmata o *te do la cròcia 'nt la testa, hastu capì?*".

Pure le donne cercarono di riportare la calma, anche se continuarono a guardare storto il carro dove stavano Tina e sua mamma.

Quando Alfreider tornò al suo mezzo, Masarei si voltò verso loro due e fece un semplice cenno del mento in segno di riverenza e poi guardò Tina con lo sguardo che hanno gli uomini gentili nei confronti delle ragazze più belle.

Lei rimase sorpresa. Non si aspettava che Oswald la difendesse. Era invecchiato, ma sembrava sempre forte come un tempo, nonostante potesse contare su una gamba sola.

Anche Tina tornò a sedersi sul cassone, aveva tutti gli sguardi su di sé ma a differenza di quando era bambina ora sapeva rispondere agli insulti. Dall'altra parte della piazza riconobbe le sue compagne di classe Ida e Sylvia e pure Girolamo e Leopoldo, anche loro erano cambiati moltissimo.

E poi vide i Foppa, madre e figlio. Lui si voltò facendo finta di non averla vista e disse subito qualcosa a sua madre, che fece un gesto di sprezzo verso le Thaler seguito dal segno della croce.

La schiena dritta e lo sguardo di brace, Tina restava immobile e dura come una statua, affrontando lo sguardo dei suoi vecchi paesani con una fierezza nuova. Se volevano continuare a darle della strega, ebbene, sarebbe stata una strega.

Quel che non poteva immaginare, era che in quegli sguardi c'era anche curiosità, stupore. Era proprio bella, la Tina. Così tanto che nessuno poteva fare a meno di ammirarla.

"Si deve partire!" gridò una guardia. Allora tutti si sistemarono in silenzio e i carri ripresero la strada verso casa, allineandosi e partendo lentamente verso la madrepatria dei fodómi.

Il sole brillava in un cielo pallido, un leggero vento scendeva dalle Conturines. Tina si sedette accanto alla mamma, sospirò e con un colpo della mano si portò i capelli dietro le spalle. Poi, con i gesti decisi che hanno le abitudini rilassanti, tirò fuori la pipa dalla tasca, la riempì con le sue erbe speciali e la accese gustandosi a fondo la prima boccata. Marta strabuzzò gli occhi e portò le mani alla testa, sul fazzoletto.

Tina era uguale a Paolo. Stessi silenzi, stessi sospiri, uguale il modo di fumare mentre scrutava l'orizzonte.

3.

Si lasciarono alle spalle l'imponente Sassongher che sovrasta Corvara come una cattedrale di pietra e svoltarono verso il passo Campolongo. Le ruote dei carri di legno sussultavano sui ciottoli e sulle buche sollevando la polvere bianca della strada tortuosa. Per la via incontrarono mendicanti, sfollati, donne e bambini che si avvicinavano chiedendo la carità, soldati ammattiti o mutilati seduti sul ciglio della strada come se il mondo fosse sparito intorno a loro. A Tina mancò il fiato e avvertì un groppo pesante nel petto. Attenta che l'uomo con la barba alla guida del carro non la vedesse, tirò fuori delle patate da un paio di sacchi e le diede alle donne che allungavano pietosamente le mani. Poi chiuse gli occhi, prese una mano di sua mamma, stesa sui teli di juta con la testa riparata dal sole, e la accarezzò. Via via che i carri risalivano il passo, l'emozione di rivedere la sua vallata cresceva e a un certo punto Tina smise di voltarsi a guardare la Val Badia alle sue spalle e tenne invece fissi gli occhi in avanti, nell'attesa spasmodica di scollinare tra il massiccio del Sella e l'altopiano del Pralongià.

Vuotò la pipa e la mise in tasca. Osservò le sopracciglia della mamma e si chinò su di lei.

"*Tuto bén?*" le chiese con dolcezza.

Marta annuì.

"Siamo quasi al passo e poi si scende in Fodóm, sai? Verso casa!"

Adesso tutti gli sfollati sui carri stavano aspettando con emozione l'aprirsi dello scorcio della loro valle sulla strada. Quando però ebbero finalmente davanti il Padón e la Marmolada, rimasero tutti impietriti.

4.

Voragini, frane, crateri, boschi combusti e tante sottili colonne di fumo che si alzavano da ogni parte. Tina vide due soldati italiani che nei pressi di una chiesetta tiravano giù la bandiera tirolese e issavano quella italiana. Ogni paese e ogni villaggio erano rasi al suolo, ridotti in macerie. Qua e là altre divise straniere e alcune camionette dalle quali sventolava la bandiera del Regno d'Italia.

Incontrarono una postazione di militari italiani. Qualcuno fra questi li ignorò, altri li salutarono cordialmente. Uno di loro gridò:

"Ora siete italiani!".

Masarei batté una stampella su una sponda del carro e sputò per terra.

I soldati lo derisero mentre passò loro davanti.

Tina sentì la mano della madre stringere forte la sua. Si voltò, Marta aveva gli occhi aperti e fissi verso il cielo, come quelli di un cieco.

"Tina!" le disse. "Noi non siamo austriaci né italiani. *Nos son ladins*! Lo siamo sempre stati e lo saremo sempre. Queste montagne appartengono a noi, sono sangue del nostro sangue. Nessuno potrà mai togliercele. Non dimenticarlo mai."

Tina si commosse, come se in quelle parole vi fosse scolpita una sorta di testamento spirituale collettivo. Si ripeté mentalmente che le avrebbe portate sempre con sé.

Attraversarono La Plìe, Pieve, attorno ai carri c'erano solo cumuli di pietre, terra, detriti e ruderi. I fienili erano stati incendiati e le case distrutte dai cannoneggiamenti italiani. Dappertutto aleggiava pesante una coltre di fumo che portava nell'aria il miasma mefitico del disfacimento e della miseria. Esalazioni acri, odore di bruciato, di piombo e un'insopportabile puzza di zolfo. Tina osservava tutto con le lacrime agli occhi.

I vecchi piangevano e piangeva perfino Masarei, le donne invece no, nelle loro pupille paralizzate come ragni immobili al centro della ragnatela prima del maltempo, non si scorgeva niente.

Uno dei più anziani gridava preghiere come bestemmie e ripeteva:

"L'Apocalisse! L'Apocalisse di san Giovanni!".

Tina ripensò a quando era stata a Pieve con suo papà, per andare al mercato del bestiame dove avevano comprato le *pite*. Aveva cinque anni eppure quel giorno se lo ricordava ancora bene.

Erano scesi fin lì all'alba di un giorno di primavera, durante il disgelo. Avevano attaccato la manzetta al loro piccolo carretto sbilenco a due ruote, ed erano partiti da Larcionèi che era ancora buio.

"Secondo te quante ne dobbiamo comprare, Tina?"

"Di cosa?" rispose la bimba, distratta a guardare la Marmolada, più bianca e innevata che mai.

"Di *pite*, no?"

"Dipende da quante uova ci servono!"

"Giusto. Ma secondo te quante ce ne servono?"

Tina ci pensò su. Contò e ricontò aprendo pollice, indice, medio.

"Sei!" esclamò.

"Quasi. Ne prenderemo dieci, così qualche uovo lo possiamo rivendere. E prenderemo anche un gallo."

"Le prendiamo rosse? A me piacciono quelle rosse."

"Le prenderemo bianche, per le uova sono meglio. E poi,

ogni tanto, a qualcuna tirerò il collo e in inverno ce la mangeremo noi prima che lo faccia la volpe."

Nel pomeriggio rientrarono a casa con un gallo, dieci galline bianche e due rosse: Ida e Frida.

Anche quel tardo pomeriggio di metà novembre del 1918 Tina stava rientrando a Larcionèi a bordo di un carro, ben più grande e senza *pite.* In mezzo c'era stata la *Gran Véra*, che solo a nominarla a Tina veniva il vomito. Dal paradiso all'inferno nel tempo di un ricordo d'infanzia e ritorno.

5.

Larcionèi era stato danneggiato duramente ma non raso al suolo come altri paesi. Masarei baciò la terra, i Foppa piansero a dirotto e si abbracciarono, Alfreider continuò a bestemmiare e il cieco Carlo Lezuo a dare ordini a sua moglie.

Tina cercò di trattenere le lacrime, dov'era passata la guerra era stata strappata non solo la vita presente ma anche quella passata e quella futura. Larcionèi come la ricordava non esisteva più. Nel centro del paese erano rimaste integre solo alcune case e il campanile della chiesa. Per il resto c'erano muri pericolanti, pietre e calcinacci dappertutto. Tutt'intorno gli alberi erano divelti e sradicati, i prati pieni di enormi buche lasciate da mine e granate. Ma non c'era traccia di bandiere tricolori o soldati italiani.

Marta si era tirata su in piedi e si stava annodando il fazzoletto ladino nero sotto il mento. In quello sforzo e nel semplice gesto di coprirsi il capo, Tina riconobbe la tenacia di sua madre e di tutti i ladini.

"*Oma*!"

Si abbracciarono forte.

Era ormai l'ora del tramonto, l'aria fredda, i cattivi pensieri tanti, e le cose da fare ancora di più.

Oswald Masarei prese subito la parola per coordinare rapidamente il da farsi per quella sera, prima che facesse buio.

Accesero un fuoco al centro della piazza e un piccolo

gruppo fu mandato a ispezionare le case rimaste intatte che avrebbero ospitato tutti.

I paesani decisero che all'inizio avrebbero condiviso ogni cosa, dalle uova, agli animali da cortile, al pane raffermo, alla farina. Razionarono le provviste e le immagazzinarono dentro la canonica. Le donne andarono al torrente a recuperare acqua, i vecchi sistemarono gli animali nei ricoveri disponibili. Una volta suddivise le provviste e messo in sicurezza il bestiame accesero delle torce e ne distribuirono una per famiglia.

Tina si era allontanata per verificare in che stato era la loro casa, e Marta si era fatta di nuovo assente, come se la sua anima si fosse separata dal corpo e non riuscisse più a rientrarvi. Stava seduta accanto al carro e pregava recitando orazioni a memoria.

Oswald Masarei le si avvicinò. Le porse una torcia, una coperta di lana, due *pucie* dure come il cuoio e un paio di uova.

"*Tuto bén?*"

Lei gli rivolse uno sguardo perso, sembrò non riconoscerlo nemmeno. Non disse niente, afferrò soltanto la torcia e tutto il resto.

L'uomo si abbassò verso di lei.

"Andrà meglio, devi superare questo momento, Marta."

Ma lei era nel suo mondo e continuava a ripetere:

"*Ave Maria gratia plena Dominus tecum...*".

D'un tratto in mezzo a quella confusione vide sua figlia scendere dalla parte alta del paese e parve rianimarsi.

Tina attraversò la piazza e la raggiunse.

"Andiamo, mamma. La casa non è messa poi così male!"

Tina la aiutò a mettersi in piedi e poi la prese a braccetto.

"Ce la fai almeno un po'?"

"Sì."

Tagliarono per la piazzetta, sorreggendosi l'una all'altra e si incamminarono in salita. Nessuno degli altri si occupò di loro.

Tina fece gli ultimi metri portando sua madre sulle spalle. Quando arrivò davanti al maso di famiglia, si inginocchiò stremata.

"Mettimi giù, Tina. Voglio entrarci con le mie gambe," disse Marta.

Davanti alla loro vecchia casa scoppiarono in lacrime, prostrate come innanzi a un altare profanato. Marta aveva lo sguardo fisso su quelle mura, con alcuni scuri penzolanti.

"Il fienile..." sospirò la donna.

"Quello è bruciato, ma il resto mi sembra a posto, no?" rispose Tina tentando di riprendere fiato. Si asciugò le lacrime col dorso della mano e guardò la vetta del Pore davanti a sé, oltre la casa.

Aveva aspettato con ansia di vederlo mentre raggiungevano Larcionèi sul carro. Se la guerra aveva stravolto tutto, nulla era cambiato tra lei e quella montagna. Aveva sentito un richiamo potente, troppo grande da reggere in quel momento. Aveva dovuto sedersi vicino a sua mamma, gli occhi chiusi, e contare fino a cento.

Tina fu attraversata da un altro di quei brividi indecifrabili, ora più di piacere e attrazione fatale che timore.

"Un ultimo sforzo, *oma*. Dobbiamo entrare prima che faccia buio. Dovremo sfondare la porta, e non so come..."

Marta mise una mano nella tasca del grembiule che portava sempre con sé ed estrasse una vecchia chiave in ferro arrugginito.

"L'ho tenuta sempre con me, sai?"

Tina esplose in un sorriso e la abbracciò.

"Mamma!"

Superarono i gradini di porfido e giunsero sulla soglia con il cuore in gola. Uno, due, tre giri di chiave e la porta si aprì.

Faceva freddo, più freddo in casa che fuori. Tina guardò la stanza della stube e lo *stangòrt* adiacente, erano esattamente come li avevano lasciati, perfino le cose appese alle pareti erano ancora al loro posto. Le parve incredibile eppure nessuno era mai entrato lì dentro in più di tre anni di esilio e di guerra.

Fece stendere Marta sul letto nello *stangòrt*.

"È un sogno, Tina? La *stua* così in ordine... Uno scherzo dei *mòrč?*"

"No, mamma. *È nòsta césa.*" Tina accese il *fornèl* con i ciocchi che erano rimasti incredibilmente impilati in ordine accanto alla stufa.

Marta, stremata, si addormentò subito con il tepore del fuoco acceso. Tina si sedette sulla vecchia panca intorno alla stufa bianca e le sembrò di tornare indietro nel tempo. C'era suo padre seduto lì, vicino a lei, mentre intagliava un pezzo di cirmolo; ed ecco sua madre, molto più giovane. Chiuse gli occhi, si accese la pipa e le parve di ascoltare i loro dialoghi, con il papà sempre comprensivo e la mamma severa come lo era stata un tempo. Sbuffò forte e si guardò intorno. A quel punto le erbe nella sua pipa le sembrarono ancora più dolci.

Aprì i cassetti della vecchia credenza. Vi trovò l'astuccio e il quaderno di quando andava a scuola. Nell'astuccio c'erano ancora due matite, le ricordava benissimo.

Prese il quaderno. Lo aprì a metà, a caso.

"7 dicembre 1913. La maestra Ulrike dice che i nostri padri non saranno chiamati alle armi e che qui la guerra non arriverà mai. Insiste col dire che dobbiamo avere paura dei lupi, non della guerra. Il vero pericolo sono i lupi."

Tina strappò la pagina e la gettò nel fuoco.

Mentre la legna ardeva e scoppiettava, fuori dalla finestra si vedevano ancora le creste delle montagne mentre il cielo si stava scurendo. Marta ora sembrava dormisse profondamente. Allora Tina si sedette sulla panca con la schiena appoggiata alla stufa. Il calore cresceva propagandosi nel suo corpo e nell'ambiente circostante, facendo rifluire la vita dopo il gelo dell'abbandono.

Guardò sua madre, mosse le labbra e disse sottovoce:

"Lo spirito di ciò che tu chiami Dio per me vive nella natura, nelle foreste, negli abeti e nei larici che in autunno si illuminano d'oro. Vive nelle foglie che cadono per poi rinascere, vive nella forza delle rocce e sulle vette delle montagne. Vive nei ghiacciai che si fanno acqua. È il soffio di vita che muove il vento, illumina l'enrosadira, fiorisce nelle genziane e nelle stelle alpine. Il suo spirito respira nei fiocchi di neve, nel blu del cielo, nel verde dei pascoli e nel bianco delle nuvole che ora le vedi e un istante dopo non le vedi più. La sua anima è nel volo delle rondini che ogni anno ritornano, in quello dell'aquila che supera ogni cima, nel canto del fringuello, nel bramito del cervo, nell'ululato del lupo. E non è allora lo stesso Dio dei ladini e dei tirolesi e degli italiani e di tutte le persone di questo mondo? Ma se gli uomini non riescono a capirsi, come possono comprendere questo? Dio si trova nella natura, in ogni suo dettaglio. Dovremmo amarla come si ama una madre e come si ama una figlia. *Tati* diceva: *Per amà pulito valgugn, bogna l amà coche se l avesse da morì doman.* E aveva proprio ragione, il papà. Per amare bene qualcuno bisogna amarlo come se dovesse morire domani."

Si alzò, accese un lume e sfidò il freddo del piano superiore. Decise di tornare a dormire nella sua vecchia camera.

Ovunque c'era un odore forte e acre di muffa, legno vecchio e calce umida. Si stese sul materasso sporco e freddo, si coprì con le coperte e spense la candela.

Nel silenzio profondo della notte udì il richiamo del gufo reale e si rallegrò poiché finalmente si sentì meno sola.

Nel giro di pochi secondi si addormentò come una bambina nella culla e fu rapita da un sogno portentoso.

6.

Era stesa sul giaciglio all'interno di quel *tabié* isolato, riparato e lontano dalla pioggia, che dalla finestrella si vedeva continuare a cadere incessante, anche se il rumore sembrava più quello di una cascata. Era notte, lei era piccina, sola, e dentro il minuscolo fienile una candela tremolante illuminava la stanza e una stufa accesa.

La narrazione di quel mondo parallelo che la visitava da anni e quando meno se l'aspettava riprese il filo delle suggestioni esattamente dove l'aveva lasciato tempo prima, quando era ancora in Val Badia. Questa volta però Tina stava sognando, distesa nel suo letto di bambina a Larcionèi.

Ma adesso non erano più frammenti. Tina riusciva a vedere nitidamente attorno a sé. Una delle pareti era tappezzata di grandi pelli d'orso e sopra uno *zuch* di cirmolo accanto al giaciglio era posata una collana dove erano inanellati dei denti di lupo. Tina provò paura, si sentì intrappolata nella tana di una persona malvagia. Forse era stata rapita? Si alzò da quel giaciglio, ma proprio quando cercò di mettersi in piedi, ecco che udì cigolare la porticina del *tabié* e allora si fermò, atterrita. Un istante dopo entrò una donna, piccola e vecchia, vestita tutta di nero, come le vecchie *zacàn*, le donne di un tempo. Era così bassa che sembrava solo un groviglio di ossa, con la pelle talmente rugosa da assomigliare a una corteccia di frassino. I suoi capelli, legati a cipollotto dietro la nuca, erano bianchi come la prima neve. Tina la guardò, atterrita.

La *vègia* fece un sorriso così ampio che quasi le si chiusero gli occhi. Aveva pochi denti ma sembravano ben saldi, come i vecchi paracarri davanti al sagrato della chiesa. Di fronte a quel sorriso sincero Tina si sentì calmare il cuore e non ebbe più alcun timore.

"Hai riposato almeno un po'?"

Tina annuì timidamente.

La donna le mostrò due ciocchi di larice che teneva tra le mani e disse:

"Sono andata a prendere dell'altra legna perché tu ti possa scaldare per bene. E poi..." indicò la parete dietro la bambina. Tina si girò e solo allora si rese conto di essere nuda sotto la grande pelle d'orso.

"I tuoi vestiti li ho appesi lì perché si devono asciugare. Ti ho trovata nel bosco di sotto che eri tutta fradicia. Io ero al riparo di un albero e ti ho vista smarrita. Sai, c'è un grande tasso in quel punto del bosco e mi piace andare a sedermi sui suoi rami. Ti ho tirata su dal fango e ti ho portata fin qui. Come ti chiami?"

La bambina era titubante.

"Avanti, non ti farò alcun male, ti devi fidare, piccola. Come ti chiami?"

"Ka-Katharina..."

"Uh, che bel nome hai."

La vecchia posò a terra la legna, si pulì le mani sulla gonna nera, prese il bollitore sopra la stufa e versò in una tazza una bevanda calda. Sentori di cirmolo, menta, resina di mugo, genziana e chissà quante altre piante e fiori.

"E dove vivi, Katharina?"

Tina la ascoltava come una bambina che ascolta una fiaba senza sapere se sia destinata a finire bene o male.

"A Larcionèi," sussurrò. Trovò il coraggio di chiederle: "Ma cosa ci facevo nel bosco sotto la pioggia? Mi hai rapita tu?".

La vecchia le si avvicinò piano piano con la tazza fumante tra le mani, mentre la luce della candela proiettava il suo profilo sulle quattro pareti di legno grigio e scuro conferendole forme grottesche. Tina si ritrasse leggermente. La donna aveva una cicatrice sopra e sotto l'occhio sinistro, come un vecchio taglio verticale, e portava al collo un fazzoletto rosso, tutto sporco e sgualcito.

"Rapita? Io? Tutt'altro," disse la donna. "Ti ho salvata e portata qui al riparo dalla pioggia. Questa non è una notte come le altre, è la notte dei *mòrč*, lo dovresti sapere... Se ti ho trovata in quel luogo durante questa notte speciale un motivo ci deve essere per forza, ne sono certa. Hai risposto a un richiamo, avrai sentito la voce, la stessa che ho sentito anch'io, moltissimi anni fa. È il motivo per cui mentre dormivi ti ho insegnato molte cose, e ti ho svelato alcune verità che nessuno conosce, sai?"

Tina sentì che la paura stava lasciando il posto alla curiosità.

"Prendi, bevi, ti farà molto bene. Poi, appena smetterà di piovere, ti riporterò a casa."

Tina prese la tazza dalle sue mani e quando decise di fare un sorso scoprì che era la cosa più buona che avesse mai assaggiato in tutta la sua vita.

"Non è da tutti riuscire a vedermi, sai?" disse la vecchia sedendosi accanto alla bambina.

"Io vivo qui da sola, da moltissimi anni."

Tina bevve un altro sorso. Fu come se un nuovo spirito le fosse entrato nel corpo e avesse iniziato a scorrere nel suo sangue fino a farsi nuovo respiro.

"E non vedi mai nessuno?"

"No, ho capito che le persone non fanno per me."

Tina rimase di sasso. Sembrava che a parlare fosse lei stessa.

"E anche gli animali?" chiese indicando le numerose pelli e i denti di lupo della collana.

La vecchia rise di gusto.

"Non li ho uccisi io, io non uccido animali per piacere. Lo faccio solo per nutrirmi e anche in quel caso per i caprioli, i camosci e i cervi che catturo, celebro un rituale sacro affinché la loro anima possa ricongiungersi in pace allo spirito della montagna. Anche questo ti ho insegnato mentre dormivi, Katharina, solo che ora non lo ricordi come non ricordi nient'altro. Le pelli che vedi sono quelle degli orsi massacrati dagli uomini e così i denti di lupo che hai visto in quella collana. Li ho recuperati clandestinamente dalle orsare e dalle lupare giù a valle, dove i cadaveri di questi poveri animali vengono gettati, vicino ai villaggi. Grazie a un particolare cerimoniale cerco di ristabilire un equilibrio con la natura dopo il loro sacrificio."

Tina la ascoltava a bocca aperta. La tazza vuota ma ancora calda stretta tra le mani.

La vecchia prese la collana con i denti di lupo per mostrargliela.

"Io sono una di loro! Questa collana è un potente amuleto per la loro protezione."

E accarezzò delicatamente la testa della bambina. Prese una spazzola e cominciò a pettinarla.

C'era un che di impalpabile nel suo sguardo, qualcosa di primitivo, una forza, un'energia che non si rivelava, come una lampada sempre accesa ma coperta da cento coperte scure.

"Molti anni fa..." proseguì la vecchia chiudendo gli occhi e continuando a sistemarle i capelli ormai asciutti. "Ho abbandonato il mondo degli uomini rispondendo al richiamo della Natura, della Verità. Ho scelto il sentiero ancestrale degli animali, gli spiriti degli alberi e le anime dei morti. Io custodisco la terra."

In quel momento la pioggia cessò di picchiare sul tetto e alla finestrella si affacciò la luna piena, così luminosa che irradiò tutto l'interno del *tabié* e i volti di Tina e della donna selvatica.

"Ora è arrivato il momento..." disse la vecchia. Si voltò verso la parete dove c'erano i vestiti e aggiunse:

"Si sono asciugati. È ora che io ti riporti a casa. Non dirai niente di tutto quel che ti ho raccontato. I vivi hanno paura dei morti i quali, non sapendolo, hanno paura dei vivi. Non ne parlerai con nessuno!".

"È una domanda?"

"No. È una certezza."

"Come puoi saperlo?"

"Quello che hai bevuto adesso ti farà dimenticare tutto. Poi, quando crescerai e verrà il tuo momento, allora ricorderai..."

"Non ci rivedremo più?"

"Ci ritroveremo nello spirito selvatico della foresta..."

"Ma tu chi sei veramente?"

La vecchia non rispose. Se la caricò sulle spalle e prima di aprire la porta per uscire, le disse:

"*Varda de ester sàve, no sta a zercé i savé. L savé l è i present, l ester sàve l è l passà e l davignì.* Capito?".

Tina ci pensò un po' su e poi disse:

"Cerca la saggezza, non la conoscenza. La conoscenza è il presente, la saggezza è il passato e il futuro".

7.

Tina balzò fuori dal letto come se fosse stata morsa da dieci vipere. Ansimava, gambe e mani le tremavano, era tutta sudata e sentiva tanto freddo come se la febbre alta le attraversasse il corpo dalla testa ai piedi.

Accese la candela e provò a respirare a fondo.

"Eppure come stavo bene in quel sogno," pensò. "Mi sentivo in pace, protetta..."

Si sedette sul letto. Continuava a spostarsi i capelli da un lato all'altro delle spalle e a mordersi il labbro superiore.

"La sua voce era la stessa che sento provenire dai boschi e chiamarmi, ne sono sicura. Era la sua, era lei! Sarà la voce della nonna Astrid?"

Scese le scale piano per non svegliare la mamma di sotto, nello *stangòrt.* La stanza era ancora calda. Pensò affranta che da quel mistero non sarebbe mai uscita, così come da tutti i misteri che ammantavano la sua vita e la vita di tutta la gente di quelle montagne. Solo in quel momento Tina si rese conto che la sola differenza tra lei e gli altri era che lei poteva vedere cose invisibili ai più, come se esistesse un punto di contatto tra il suo spirito e lo spirito di quella terra.

Bevve un bicchier d'acqua e si sedette sulla panca, torturandosi una ciocca di capelli. Recuperò il suo angioletto di cirmolo e lo strinse forte. Prese la pipa dalla credenza e la rigirò tra le mani. Al solo contatto con quell'oggetto, provò la sensazione di liberarsi delle paure e dei cattivi pensieri stretti nel petto. Piano piano il battito del cuore tornò calmo.

Poi, un ululato. Uno solo, ma così vicino e così forte che il lupo sembrava fosse davanti alla porta.

8.

Con il trattato di pace di Saint Germain, Pieve di Livinallongo e tutta la vallata di Fodóm passarono ufficialmente dall'Austria all'Italia. Diffusa la notizia, le comunità ladine superstiti, già colpite duramente dal lungo esilio, vennero sopraffatte anche dallo sconforto e da un profondo senso di smarrimento.

Al dolore causato dalla guerra, si aggiungevano le difficoltà di dover fronteggiare il freddo, la fame e la scarsità di fieno per gli animali da stalla. Tuttavia, la ricostruzione del paese ebbe subito inizio. Il vescovo di Bressanone inviò in Fodóm bestiame e fieno, attrezzi da lavoro, pietre, legname e giovani seminaristi con le maniche tirate su; da Belluno invece arrivarono prontamente aiuti da parte dell'esercito italiano.

Tina continuò a non essere benvoluta dai compaesani, né tanto meno accettata, nonostante si fosse proposta più volte di dare una mano.

"Tenetela lontana!" disse una volta la vedova Freina facendosi sentire da tutti. "Se tocca anche una sola pietra o asse di *lèn butài* tutta la nuova casa sarà stregata! Voi non avete idea..."

I militari risero e poi la allontanarono, i seminaristi si voltarono dall'altra parte per non cadere vittime del malocchio della ragazza.

Tina decise allora di occuparsi da sola del maso Thaler.

Guardando lavorare suo papà e altri uomini, da bambina aveva imparato a fare diversi piccoli mestieri. Recuperate giù in paese alcune *pite*, una manzetta e il materiale che le spettava, prima riparò il tetto della stalla sostituendo le scandole di larice danneggiate, e poi sostituì le assi marcite e sbregate delle pareti scanalando e inchiodando le nuove l'una all'altra. Non fu però in grado di sistemare il pollaio, sia perché non aveva filo di ferro e pinza, sia perché non sapeva da dove cominciare il lavoro. Fu Masarei a venire in suo soccorso. Senza tanti convenevoli lei accettò e in un paio di giorni anche il serraglio delle galline fu ultimato. Dopo una settimana era quasi tutto pronto. Marta ne sarebbe stata contentissima, se solo fosse riuscita ad alzarsi dal letto.

Quando era a casa Tina accudiva sua madre, che si stava richiudendo come un giglio selvatico dopo il tramonto. Dal giorno in cui aveva scoperto che Fodóm era passato all'Italia sentì venire meno anche la sua identità, la sua storia, perse ogni speranza e anche le ultime forze la abbandonarono.

Per lei Tina raccoglieva e preparava infusi e decotti, e le somministrava ogni pianta che ritenesse utile al suo conforto fisico e mentale.

"Mamma, devi bere e mangiare qualcosa, *una gota de aìva* e un *tòco de pan*," insisteva. "Se mangi qualcosa avrai più caldo e ti sentirai meglio, devi recuperare le forze."

"Figlia mia," disse Marta dopo aver bevuto un piccolo sorso d'acqua. "Inutile ciacolàr... Io ormai sono alla fine, faresti meglio a pensare al tuo, di futuro..."

"Non dire così. Come faccio senza di te?"

Marta si stese di nuovo, rinfrancata. Posando la testa sulla branda disse:

"Ce la fai, ce la fai. Hai la tua strada da fare... E la tua non è la mia".

A sua mamma non aveva detto nulla di quel sogno perché nelle condizioni in cui si trovava preferiva non inquietarla ulteriormente. E poi dopo quella notte non le era più capitato di udire la voce della vecchia che dal Pore la chiamava a sé.

Tina scioglieva i suoi dubbi con lunghe camminate su quella montagna, andava a cercare conforto nei luoghi dove fino a qualche anno prima c'erano i canapai di famiglia.

"Suggeriscimi le azioni e le parole giuste, papà," si ripeteva ogni mattino, al risveglio.

Quando il vento soffiava forte, a Tina sembrava che quel suono fosse la voce di Paolo, quando soffiava tra i lunghi capelli le sembrava che quelle carezze fossero carezze delle sue mani, e quando smetteva di soffiare, le sembrava che quello fosse il suo silenzio, che era sempre stato più eloquente delle mille chiacchiere che provenivano dall'osteria del paese.

Lei stava bene tra boschi, rocce e prati di alta quota, dove non esistevano né Austria né Italia, ma solo quella che per lei era la vera, unica patria: la montagna. Una montagna devastata, dove non di rado Tina incontrava cadaveri di soldati impiccati o stesi a terra, divise consunte dai combattimenti, dalla pioggia e dalla neve, scheletri umani sparsi sui prati in alta quota, trincee ancora piene di armi, buche e crateri. Eppure, tra questo orrore, il miracolo di nuovi fiori, arbusti, lamponi e piccoli germogli sparsi di piante pioniere come la betulla, il mugo, il frassino, il faggio e infine distese di rododendro.

Tina aveva cominciato a fantasticare con l'idea che avrebbe potuto vivere come la vecchia del suo sogno, in un *tabié* nel bosco, che prima o poi quel passo l'avrebbe fatto davvero. Muovendosi furtiva e silenziosa come una lince, prese a esplorare palmo a palmo il monte Pore. Attraversava boschi di aceri, di faggi, di ontàni e cercava punti di riferimento per orientarsi, tornava a visitare gli stessi posti con il sole dell'alba o la sera, cercava di carpirne la vita intima.

Ascoltava le cince, gli usignoli, i tordi, il gallo forcello. Si abbeverava a torrenti, misurava il tempo dalla luce e dall'inclinazione del sole.

I segnali della natura le si rivelavano ogni giorno con più facilità, si accorgeva di sapere e intuire cose che nessuno le aveva insegnato. La prima volta accadde quando a Scofe, una radura sulle alte pendici del Pore, al crepuscolo vide e poi udì una pernice cantare e Tina si disse che il giorno dopo ci sarebbe stata bufera. Quando, il mattino seguente, cominciò a piovere, rimase atterrita dalla sua profezia.

Sapeva che se il cervo comincia a saltare qua e là è segno di un'imminente pioggia, che se il capriolo strofina i palchi sul fusto di un faggio allora ci sarà il disgelo, che se una volpe gira su se stessa, in quel punto crescerà un *fònk neghér*. Sapeva e sentiva che il lupo è un animale sacro.

Dove aveva imparato tutte quelle cose?

9.

Il 17 gennaio, il giorno di sant'Antone dei porcèi, protettore delle stalle, era consuetudine che il sacerdote benedicesse il bestiame del paese. In quell'inizio del 1920 il giovane don Luigino era arrivato a Larcionèi da un mese appena, favorito anche dall'assenza di neve, e aveva fatto il giro di tutte le stalle. Per ultima visitò quella piccola delle Thaler.

Se però sulla porta di tutte le altre aveva notato delle semplici immaginette di sant'Antonio abate, in quella custodita da Tina aveva notato molte altre cose assai strane: corone di muschio e licheni rinsecchiti, ghirlande di pungitopo e ramoscelli intrecciati di frassino e betulla, come quelle che in tempi remoti si usavano nei paesi nordici per proteggere gli animali domestici dagli spiriti maligni.

A quella vista il timido parroco rimase stupefatto e si era impaurito. Si segnò con la croce sulla fronte e sul petto e poi, titubante sul da farsi, guardò la ragazza.

Don Luigino avrebbe voluto rifiutarsi di benedire quella stalla perché percepiva qualcosa di eretico sia in quel luogo che in quella ragazza, bellissima e selvatica. La guardò per dirglielo ma non trovò le parole e rimase a bocca aperta. Gli occhi di Tina erano un burrone dove si sarebbe precipitati facilmente. Allora il prete distolse lo sguardo, prese la croce e l'acquasantiera e benedisse rapidamente la stalla così come aveva fatto con le altre. Poi se ne andò in tutta fretta.

Quella stessa sera, dopo la processione, dopo la cena e

dopo che la mezzaluna si alzò al centro del cielo tra Marmolada, Pelmo e Civetta, gli uomini si ritrovarono all'osteria. Per volere dei militari italiani, era stato uno dei primi edifici a essere ricostruito, insieme alla chiesa, in maniera tale che gli uomini e le donne di Larcionèi potessero dimenticare più facilmente le loro magagne con l'aiuto di qualche goto di qua, e altrettanti rosari di là. Tina, passando furtiva come una martora, sentì pronunciare la parola "lupi".

Trattenne il respiro, l'orecchio teso fuori dalle finestre della sala illuminata dalle candele e traboccante di fumo e colpi di tosse. Accese la sua pipa e pochi istanti dopo riconobbe la voce grassa e bevuta del vecchio Alfreider:

"*Serve gnent benedir le stale a sant'Antone se a san Sebastian vegne i louves!*".

"Ma quali lupi, che sono stati uccisi tutti!" gli rispose Masarei.

"Questo lo dici tu!" ribatté Albino.

"Dobbiamo difendere le nostre bestie e noi stessi!" gridò Dorigo.

Vi fu chiasso e clamore, voci che si coprivano con toni sempre più accesi, finché l'intervento di Leopoldo zittì tutti quanti.

"Dicono che ne sia rimasto uno solo! Anzi, una femmina. Una lupa. Ho sentito dire che è terribile..."

"E chi te l'ha detto?" gridò Francesco Foppa.

"Gente di Colle Santa Lucia. E lo stesso si dice a Cortina e a Colfosco. Prova a chiedere in giro e sentirai!"

Esplose di nuovo un gran chiasso, raschiamenti di gola e decine di voci una sopra l'altra.

A quel punto Tina si affacciò alla porta fumando la pipa. In un attimo tutti tacquero. Si sentì solo il tintinnìo di qualche bicchiere e il sibilo di qualche fiato corto. Da lontano qualcuno mormorò: "*La strìa!*".

"Dovreste vergognarvi!" disse la ragazza con sprezzo. "Chi nega lo spirito della terra si copre di ridicolo. Non vi è bastata la guerra per capire qualcosa? Non vi è bastato quello che abbiamo vissuto in questi anni, non vi è bastato perdere i vostri cari? Dopo tutto questo ancora siete qui a credere che il problema siano i lupi sui monti? Le vere belve siete voi!"

Girolamo, Francesco e Sante Pellegrini si alzarono in piedi di scatto, risentiti e oltraggiati. Altri ripresero a parlarsi sopra, ma Tina rimase ferma dov'era. Dall'oscurità in fondo alla sala, si mossero due uomini in divisa che erano seduti al tavolo per giocare a carte. Erano italiani, bassi, scuri in volto, entrambi con due baffetti compatti che li rendevano ridicoli. Tina li guardò senza timore, con aria di sfida.

Facendosi largo tra gli altri, i due le si avvicinarono. Poi uno di loro si voltò verso gli altri.

"E costei chi è? Non l'avevo mai vista nei paraggi. Nessuno dei presenti mi ha mai detto che in paese vive anche una pastora o... cosa sei?" disse guardandola con sarcasmo e gesticolando a ogni parola.

"Una selvaggia? Dove pensi di andare conciata in quel modo?"

Scoppiarono tutti a ridere. Francesco Foppa più sguaiatamente degli altri.

Tina strinse i pugni e i denti.

"Quindi adesso siamo italiani, è così?"

"Sì, siete italiani!" esclamò l'altro mettendosi davanti al collega.

Tina non mollò il suo sguardo e si fece ancora più decisa.

"Avete distrutto i nostri villaggi e ucciso la nostra gente, con che coraggio venite a mostrarvi qui?"

Nella sala il silenzio si fece profondo, interrotto solo da Oswald Masarei il quale, con tono garbato, disse:

"Maresciallo, la lasci andare...".

Francesco si voltò verso di lui e lo guardò storto.

Il militare ignorò il suggerimento e fece un altro passo avanti.

"Si qualifichi, mi fornisca nome e cognome, subito!"

Tina spense la pipa vuotando la cenere ai suoi piedi e con un balzo uscì dall'osteria.

In un attimo si era già dileguata nel buio della notte, nel petto il disagio che in realtà aveva sempre avvertito, un senso di inadeguatezza e vertiginosa solitudine, un bisogno bruciante di amore unito alla paura di non farsi comprendere e amare da nessuno.

I due militari risero e tornarono al loro tavolo per bere e giocare a carte. Ordinarono altre due grappe al mirtillo e poi uno disse ad alta voce:

"E comunque sui lupi ha ragione quello lì," indicò Leopoldo.

Poi si rivolse a tutti.

"Tra caccia e guerra è rimasta solo una lupa in tutte le vallate qui intorno. È accertato, non è una chiacchiera di paese. Sono stati fatti diversi censimenti e il risultato dice questo. A Cortina, Moena, Colfosco e pure in Val Gardena la chiamano 'l'ultima lupa delle Dolomiti'. Dicono che sia mostruosa, senza un occhio e che ultimamente si aggiri proprio da queste parti."

Leopoldo tirò una gomitata di intesa a Francesco e quello gli fece l'occhiolino.

10.

Accadde ai primi di febbraio, proprio nel giorno di san Blèsc, san Biagio, che in Ladinia era da sempre il giorno in cui si chiedeva al santo se si dovesse cambiar dimora oppure no. Era arrivato per Tina il momento giusto per lasciare la casa e trovare il suo rifugio nel bosco? Marta dormiva, Tina uscì dal maso per salire sul Pore e vedere le prime luci dell'alba.

C'era la luna nuova e lei era uscita quando ancora le stelle brillavano forti e chiare da est a ovest nel cielo cristallino. La stella polare sostava sopra il massiccio del Sella come se volesse indicarne la regalità. Non c'era neve ma l'aria fredda pungeva molto e durante la notte aveva ghiacciato la pelle dei sentieri e dei prati. Ammantata da una grossa coperta di lana grezza e sorretta dal vecchio bastone in nocciolo di suo padre che aveva ritrovato sul ballatoio del tabià, Tina salì sui prati dietro casa tracciando una linea dritta e verticale verso la Piza, la cima del Pore, entrò nei boschi neri sopra la Strada de la Vena, passò accanto al Lares de la Freina, attraversò il Ru Pignazza completamente ghiacciato, percorse un bel tratto del Triòl dei mòrč e infine arrivò alla Forzèla, e poi sui Coi, un piccolo promontorio che separava Fodóm da Colle Santa Lucia.

Mentre gli usignoli cantavano riempiendo il bosco di suoni limpidi, si sedette su un masso ampio e tondo e guardò il *Pèlf* dritto davanti a sé, faccia a faccia. Respirò profondamente il fiato mattutino del bosco, che esalava essenze di pino, profumi di resine e legno.

Accese la pipa e attese che a partire dalle spalle del Pelmo i colori del cielo iniziassero a trasformarsi. Poco a poco i primi raggi di sole si irradiarono soffusamente di rosa, poi di violetto e infine di azzurro. Il bosco cominciò a rinascere e a prendere molta più vita. Era come vivere una nuova Creazione, come quella che a catechismo le era sempre stata spiegata dal parroco senza alcuna emozione. La luce e i suoni del bosco crebbero e così l'eccitazione di Tina i cui occhi, illuminati dal sole che spuntò dietro la montagna, sembravano tinti di muschio brillante, torrenti celesti e oro. La ragazza abbassò lentamente le palpebre e le chiuse. Inspirò tutto ciò che aveva innanzi e intorno, sotto e sopra di sé. Avvertì una vampata nel petto. Si sentì viva, forte, vera. Pronta a tutto.

La vide quando riaprì gli occhi. Era lì davanti, a pochi metri di distanza, ferma come una statua, seduta di lato ma con il muso rivolto verso di lei. Tina tenne la pipa stretta tra le labbra e si pizzicò una gamba, poi aprì e chiuse gli occhi più volte. Era proprio vero: c'era una lupa che la fissava. Grande, grigia e bianca, con il pelo folto e il torace ampio. Un momento magico e sacro. L'animale fiutò verso Tina e la fissò ancora con aria indifferente. L'occhio sinistro dell'animale era segnato dall'alto in basso da una cicatrice. Tina non aveva mai incontrato un lupo nel bosco, li aveva sempre e solo visti morti, uccisi dagli uomini. Sapeva che non si può andare in cerca dei lupi poiché difficilmente essi si lasciano trovare e vedere, con loro è sempre un incontro casuale, fortuito.

Poi, in un attimo, lo splendido animale se ne andò. Non scappò, non fuggì, non corse. Se ne andò trotterellando fino a scomparire nella fitta foresta di abeti disposta sui versanti a est del Pore.

Tina pensò a un incantesimo, a una benedizione, un dono unico, un segno del destino. Si disse che la meraviglia degli animali selvatici stava in questo: che sono loro a decidere se e quando incontrarci, per un solo istante che è una rivelazione. Quando si va per boschi, montagne, dirupi, magari noi non li scorgiamo, eppure loro ci sono, sono sempre presenti e osservano ogni movimento dell'uomo. Sanno dove siamo e cosa facciamo. Percepiscono la nostra presenza, ci fiutano, ci seguono come ombre, da vicino o da lontano. Allo stesso modo dei morti e degli spiriti della foresta.

I raggi di sole del primo mattino percolarono obliqui tra le fronde degli alberi e il bosco si accese d'oro, mentre dal suolo il ghiaccio cominciò a brillare e luccicare senza però fondersi.

11.

La mattina del 12 marzo del 1920 Tina aveva acceso la stufa molto presto come sempre, era stata nel pollaio e poi si era seduta al capezzale di Marta. La donna non parlava da due giorni e non faceva altro che dormire. Sembrava uno straccio: scheletrica, con le labbra assottigliate e il viso smunto nel quale risaltavano le profonde occhiaie. Mangiava quasi niente e chiedeva poca acqua, la voleva sempre calda. "Per scaldarmi il cuore."

Tina sollevò il cuscino e le alzò la testa per darle una tisana di passiflora, melata e fiori di sambuco. Marta aprì gli occhi e, sorseggiando lentamente la bevanda calda, accarezzò la figlia. Sussurrò:

"Sei diventata bella come Ladinia, la figlia di re Laurin che dà il nome a *nòsta tièra*".

Tina arrossì ma tagliò corto.

"Lo sai che giorno è oggi?"

Marta fece cenno di no.

"San Gregorio!"

Marta spostò la testa e guardò fuori dalla finestra. C'era il sole, e sorrise. Con un filo di voce disse:

"*Se 'l bontemp el dì de san Gregorio le zigre pàsa l'àkua...*".

E Tina concluse:

"*...E se no le pàsa in kél dì, le sta fora enkòra kuaranta dì*".

Marta annuì compiaciuta.

"E siccome fuori il tempo è buono," continuò Tina, "allora oggi le rondini attraversano il mare e presto saranno da noi, mamma."

Marta chiuse gli occhi e sorseggiò la tisana. Poi si fece il segno della croce.

"Ognuno ha la sua *àkua* da traversare..."

Poi non disse più niente.

Quando ebbe terminato di bere, fece cenno alla figlia che avrebbe voluto stendersi di nuovo, allora Tina abbassò il cuscino e vi adagiò la testa della mamma. Le rimboccò la coperta e le accarezzò il viso.

"Vado a prendere dell'altra legna."

Fuori il cielo era terso e nonostante le piogge dei giorni precedenti, le temperature avevano iniziato a salire mostrando i primi segni di primavera dopo un inverno freddo e secco. Uno stormo di corvi svolazzò sopra la casa e andò a posarsi sul prato di fronte. Uno di essi gracchiò verso la ragazza e a lei cadde il primo ciocco di abete rosso dalle mani.

Caricò la gerla e rientrò in casa, poi la rovesciò sul pavimento della *stua*, sistemò la legna ai piedi del *fornèl* e andò di nuovo da sua madre.

"*Oma...*" le disse piano.

Marta non rispose e Tina notò che le sue sopracciglia avevano assunto una posizione tutta nuova, erano meno contratte e più distese, come più disteso e sereno sembrava il suo volto.

"*Oma...*" ripeté piano.

Ma la donna non rispose più.

Se ne andò così, Marta.

Se ne andò da sola. Nel giorno in cui i ladini dicono che le rondini attraversino il mare per tornare sulle montagne, nel giorno in cui si dice che se c'è il sole allora d'estate crescerà un bell'orto, nel giorno in cui una nuova primavera dava i suoi segnali di vita coi primi crochi che fiorivano sui prati e il pelo dei caprioli che iniziava a passare dal grigio al fulvo della bella stagione.

Se ne andò in un attimo, dopo tanto vivere e dopo tanto patire.

E Tina rimase sola così.

Il tempo di raccogliere un fiore dal prato, il tempo di un battito d'ali. Chiamata all'età di diciotto anni a *passàr so àkua* come una rondine, *kom na zigra*.

12.

La chiesa parrocchiale era stata ormai completamente risistemata e le esequie di Marta Siorpaes in Thaler furono le prime celebrate in paese dopo la guerra e dopo il rientro dei profughi al paese. Fosse stato per Tina avrebbe preferito riconsegnare il corpo e la memoria della mamma alla natura, a Madre Terra, seppellendola in un bosco di betulle, sacro come la vita ma pallido e labirintico come la morte. Aveva però deciso di onorare l'ultimo viaggio di sua madre dandole un funerale cristiano solo perché la sua *oma* avrebbe voluto così, forte della sua fede incrollabile. Decisione che costrinse Tina a donare al prete per le spese delle onoranze funebri l'unica vacca presente nella stalla.

Il giorno del funerale pioveva, e a Tina sembrò che quelle gocce di pioggia fossero lacrime che cadevano dalle stelle. Non entrò in chiesa perché non voleva stare insieme agli ipocriti che avevano seminato zizzania ed emarginato per anni la sua famiglia e ora si preoccupavano di fingere contrizione e cordoglio. Mentre la comunità gremiva la chiesa, gli uomini col capo chino, le donne con il fazzoletto nero in testa, Tina rimase sotto la pioggia battente, in piedi, fradicia di fronte al portone aperto, appoggiata al suo bastone nodoso, con la pipa fumante e lo sguardo fisso sulla bara di abete bianco posta al centro della navata. Il parroco disse le solite cose, ma quando intonò il *De Profundis* Tina scoppiò a piangere, anche se pensava di non averne più, di lacrime. Il dolore che sgorgava dai suoi occhi si mescolò alla pioggia. Tutto stava finendo dove e come era iniziato in quella notte dei *mòrč*: dentro quella chiesa, la pioggia infinita, qualcuno da ricordare.

"Ma ti ritroverò, mamma. Come tu hai ritrovato me, io ritroverò te."

Pensò alle volte in cui sua madre le aveva detto che tutti hanno dei segreti, pensò al dolore delle cose non dette, provò rimorso per non averle svelato tutto ciò che avrebbe dovuto, quell'ultimo sogno portentoso, quello che aveva fatto la prima notte dopo il loro ritorno a casa. Era mancato qualcosa, un ultimo tassello che sua madre avrebbe meritato di conoscere dopo tutto il dolore che aveva provato anche a causa sua. Piantò il bastone nella terra bagnata e lo strinse forte. Si calmò solo al pensiero che anche *oma* aveva certamente portato via con sé qualche segreto. Come fanno tutti, nessuno escluso.

Non riuscì però a smettere di piangere. Chiuse gli occhi, alzò il viso al cielo e si fece picchiettare dalla pioggia, una purificazione. Un garrito attraversò il cielo da destra a sinistra. Tina riaprì gli occhi e vide una rondine. La prima dell'anno.

"Mamma!" pensò. "Vai da papà e fatemi sentire ogni giorno la vostra vicinanza."

Quando la messa finì, solo Oswald Masarei, pur trattenuto dalla moglie, le si avvicinò e si levò il cappello.

"Condoglianze, Katharina," le disse.

Tina gli fece un cenno ma stette ferma dov'era, coi vestiti infradiciati e i lunghi capelli impregnati d'acqua. Sembrava un'anguana, un'ombra antica, una guerriera d'altri tempi, una pastora eremitica. Lo sguardo fisso sulla bara all'interno della chiesa.

Quando il corteo funebre raggiunse Pieve di Livinallongo, anche la pioggia diede una tregua. Tina rimase lì, seduta accanto alla tomba della madre per tutto il giorno, finché le nubi cominciarono ad alzarsi dalle valli e dai monti per lasciar spazio al cielo azzurro e rosa del tramonto. Altri garriti, nuove rondini che svolazzavano sopra il cimitero e intorno al campanile di Pieve. Tina guardò il Civetta in fondo alla vallata di Fodóm e vide che la parete rocciosa era rossa e arancione, illuminata da una *enrosadira* eccezionale.

Trovò la forza di accennare un sorriso. Frugò nelle tasche zuppe d'acqua e tirò fuori una penna d'aquila che aveva trovato sul Pore e l'angioletto di cirmolo.

Con le mani scavò in profondità la cunetta di terra bagnata e morbida che ricopriva la sepoltura e ve li mise dentro, appoggiati sulla bara. Poi risistemò la terra, guardò un'altra volta il Civetta, ascoltò il garrito delle rondini e osservò le decine di tombe intorno a sé.

"I morti hanno paura dei vivi ma i vivi non lo sanno e perciò hanno paura dei morti..." ripeté a memoria.

Infine prese la strada verso casa.

Aveva tutto il tempo che voleva, perché tanto a Larcionèi nessuno la aspettava.

13.

Da quel giorno di primavera le nebbie che avevano avvolto la vita di Tina cominciarono a dipanarsi. La voce che l'aveva chiamata dal mondo selvatico del Pore meritava la sola risposta che lei avrebbe potuto darle. Tina passava sempre più tempo tra le foreste, le radure e i dirupi di quel vulcano. Un mese dopo il funerale di sua madre, incontrò un'altra volta l'ultima lupa delle Dolomiti nella foresta. Si guardarono a lungo anche in quell'occasione.

A casa rimaneva solo qualche ora, per dare il becchime alle pite e raccogliere le uova, ogni tanto mangiare, ogni tanto sonnecchiare nel fienile o nel prato antistante. Quando attraversava il paese e la gente la vedeva passare, tutti rimanevano esterrefatti dalla sua trascuratezza. Era una selvaggia col volto scuro e graffiato, i vestiti sgualciti e lisi, i capelli arruffati, pieni di nodi.

Erano riusciti infine a trasformarla davvero nella *Strìa dei mòrč.*

Un giorno di fine aprile, prima dell'alba Tina passò davanti all'osteria di Larcionèi e notò un grande foglio di carta affisso al muro vicino all'ingresso. Era un avviso scritto sia in italiano che in ladino e vi erano stampati il simbolo del Regno d'Italia, della Prefettura di Belluno e il tricolore. Intorno non c'era anima viva ed era ancora buio, allora lei si avvicinò per guardare meglio e, dopo aver letto le prime righe, si rese conto che si trattava di una taglia. Un premio in lire per chi fosse riuscito a uccidere l'ultima lupa delle Dolomiti, descritta come: "Famelica, diabolica, assetata del sangue dei nostri figli e del nostro bestiame".

Con un gesto di rabbia si scaraventò sul foglio e lo strappò in mille pezzi.

"Vuoi che chiami le guardie?"

Tina si girò di scatto. Era Francesco, e con sé aveva un fucile. Non l'aveva mai visto armato.

"Tanto quella lupa ha i giorni contati," disse lui con un sorriso minaccioso. Poi, guardandola dalla testa ai piedi, aggiunse:

"Come hai fatto a ridurti in questo modo?".

Tina lo fissò sprezzante:

"Tu, piuttosto. Tu come hai fatto a ridurti così! Quando eravamo piccoli mi fidavo di te, ma ogni volta mi sono sbagliata, ogni volta. Anche tu contro la lupa, eh? Non hai imparato proprio niente. Non riconosci più le tue montagne e la tua gente, il tuo passato. Dov'è la tua dignità? Che futuro puoi avere?".

Lui si fece serio per un istante, e poi tornò all'attacco:

"Visto che sei diventata una *Salvarìa* magari l'hai anche vista, quella lupa senza un occhio...".

"Non è vero niente che è senza un occhio, ha solo una cicatr..." si interruppe, ma ormai era troppo tardi.

Lui sorrise. Accarezzò la canna del fucile e girò i tacchi.

Tina calpestò rabbiosamente i brandelli di carta e poi corse su fino a casa, dove trovò Oswald Masarei. Fermo e con la barba grigia come una statua di legno esposta nelle chiese. Non lo vedeva dal giorno del funerale di sua mamma. Stava seduto sul *fistìl*, le due stampelle appoggiate alla sua destra. Quando vide la ragazza arrivare, l'uomo si tolse il cappello. Si trovarono uno di fronte all'altra proprio quando le prime luci del giorno si riversarono sulla Piza de Poure e sulle vette delle montagne circostanti, annunciando una bellissima giornata.

"Cosa ci fai qui?"

Lui sbuffò e si guardò intorno. Si passò una mano tra i capelli e poi sul viso, come se volesse dirle una valanga di cose ma cercasse di trovare le poche parole giuste, quelle che contano davvero.

"Sono venuto a chiederti scusa," disse di getto.

Tina si appoggiò al proprio bastone con entrambe le mani.

"Degli altri non mi interessa..." continuò l'uomo guardandola negli occhi, "ma io sento di doverlo fare."

Un enorme biancone gridò volteggiando sopra di loro.

"Be'," disse Tina, "dovrei chiederti scusa anch'io, ti ho rovinato la vita dopo quella notte in cui hai perso la gamba per venirmi a cercare."

"Al contrario. Se sono vivo è grazie al fatto che ho una sola gamba, altrimenti sarei morto in guerra come tutti gli altri! Sai come si dice, no? *No l'è disgrazia ke no sia inĉa na grazia.*"

Tina sorrise e gli si avvicinò. Lui si scostò un po' per lasciarle spazio, ma lei rimase in piedi davanti al *fistìl.*

"Io e tuo padre eravamo molto amici, sai?" continuò Masarei. "E *Olp* manca anche a me, cosa credi?"

Dai versanti del Pore la luce del giorno scendeva come miele d'acacia.

Tina finalmente si sedette al suo fianco e accese la pipa.

"Lo so. Per questo mi sono sempre domandata come hai fatto a dimenticarlo di fronte alle ingiustizie contro di me. La *strìa* del paese! Per quanto tempo ci hai lasciate sole, me e la mia povera mamma. Certo, quando siamo tornate qui a Larcionèi mi hai dato una mano con la casa, però... ora mi chiamano perfino 'strega selvatica', 'figlia dei morti'... Non è facile dimenticare e perdonarti, sai?"

Lui afferrò una stampella e cominciò a farla ruotare lentamente sullo stesso punto facendo un piccolo buco sul prato. "Avrei dovuto difendervi, sostenervi e invece non l'ho fatto. Sai quante volte ho litigato con mia moglie per questo?"

Due balestrucci si tuffarono insieme nel nido che stava

proprio sopra la finestra della camera dei suoi. Fu come un sassolino che smosse l'enorme frana della malinconia. Tina cominciò a piangere.

"Se la gente ascoltasse di più e dicesse meno *tontolonade*!..."

Lui annuì, tirò fuori da una tasca una fiaschetta di grappa alla genziana e disse:

"*Aon doi rege e 'na bocia per na rejon. Aon da scoltà de pi e deskore de manco*".

"Due orecchie e una sola bocca, i proverbi dicono sempre la verità," disse lei asciugandosi le lacrime.

"E adesso cosa farai?" chiese lui bevendo dalla bottiglia.

"Secondo te?"

"Sei giovane e sei bella, non puoi lasciarti andare così, Tina. Questo posto è troppo piccolo per te. Altrove puoi avere il mondo ai tuoi piedi. Puoi trovarti un marito in gamba e..."

"Io non ho bisogno di un uomo!" esclamò lei voltandosi di scatto. "Né di figli! E non voglio andarmene da qui. Io appartengo al monte Pore, ai suoi boschi, a queste rocce, al vento, agli animali del bosco."

"Vuoi vivere come una selvaggia?"

"Sì!" esclamò lei alzandosi nuovamente in piedi e brandendo il suo bastone.

"Tina..." disse lui calmo, con il tono del padre. "Non puoi fare quello che vuoi..."

"Io non faccio quello che voglio, faccio quello che sento!"

Masarei continuò a girare e rigirare la stampella sul prato. "Se vuoi vivere così, allora devi anche imparare a difenderti e cacciare. Può succedere che tu debba salvarti la vita. E poi, non si vive mangiando solo erbe."

A lei vennero in mente le parole di Hilde: "*Sappi che se un giorno deciderai di prendere la via del bosco, dovrai anche cacciare, Tina...*".

"Lo so, lo so," rispose. In quel momento più che alla caccia pensò all'ultima lupa da difendere.

"Ma io non ho un fucile. E comunque non so sparare."

Lui sorrise, afferrò le due stampelle e si alzò in piedi.

"Il fucile ce l'hai eccome, quanto a usarlo te lo insegnerò volentieri io!"

"Quale fucile?"

"Il tuo."

"Il mio?"

"È un Mannlicher Schönauer della Steyr, saprebbe usarlo anche un cieco. Lo diedi a tuo padre e so bene dove l'ha nascosto. Seguimi."

14.

La prima decade di giugno del 1920 fu insolitamente calda e per la prima volta Tina si allontanò da casa per diversi giorni. Visse sul Pore alla maniera di un'eremita, con il fucile portato sulla schiena, il suo bastone di nocciolo, una coperta di lana che usava sia come mantello che come giaciglio e una borsa di cuoio a tracolla dove conservava erbe, un po' di cibo, un pentolino e le cartucce. Vagò di notte e di giorno per tutta la grande montagna, esplorando boschi che non aveva mai visto, altipiani, radure, stagni e paludi, propaggini montuose, rocce, vette e dirupi. Si muoveva di continuo tra paesaggi dai toponimi antichi: La Fréina, Luiz, Remonài e Melèi, luogo da dove si vedevano tutte le Dolomiti.

Come un animale selvatico dormì all'addiaccio, sugli alberi, in qualche *tabié* diroccato o semidistrutto dai combattimenti, negli anfratti tra le crepe della montagna e i resti dei caduti, e perfino accovacciandosi nelle buche scavate dalle bombe o nelle vecchie trincee di guerra.

Ed ebbe tanto tempo per guardare in faccia i suoi fantasmi, le sue paure, le domande irrisolte.

Pensava a suo padre e a sua madre, mentre camminava tra le conifere che brillavano di un nuovo verde, quello della loro rinascita stagionale. Dopo quattro giorni che viveva nei boschi e cominciava ormai a prenderci l'abitudine, raggiunse la cima, si sedette sulla Piza de Poure e accese la pipa, con fare calmo e paziente, come se il tempo si fosse fermato.

Un'aquila reale le volò accanto e poi sotto di lei, osservandola e volteggiando in spirali ascendenti sempre più ampie. Da lassù contemplò tutte le vette intorno a sé e si sentì fortunata.

"La persona più ricca non è quella che ha di più bensì quella che ha bisogno di meno," le aveva detto una volta suo padre, di ritorno dai campi di canapa.

Fumando la sua pipa e guardando le Dolomiti, Tina gridò quella frase al vento, che in quel momento cominciò a soffiare muovendole i lunghi capelli, ma la gridò in ladino:

"*L pì rich no l è kel ke à de pì ma kel ke à debusegn de manco!*".

15.

Quando la tramontana del pomeriggio cominciò a soffiare più forte, Tina vuotò la pipa e raccolse le sue cose. Intanto dietro le Odle e il Lagazuoi iniziarono a formarsi nuvole oscure che da nord si avvicinavano rapidamente e preannunciavano forti temporali. Fucile a bretella tra le scapole, borsa a tracolla e bastone in mano, ripartì per scendere più a valle, con l'intenzione di fermarsi per la notte in una trincea che aveva individuato risalendo dalla faggeta sopra Livinè. Scese dalla parte più ripida e sdrucciolevole del versante sud, poi svoltò tra i prati a ovest e infine di nuovo a sud, sempre in discesa, diretta fino ai primi larici tra i quali scorreva la sorgente del Ru Fosch. Mentre beveva dal ruscello, Tina fiutò l'aria e aguzzò le orecchie: il verso della ghiandaia, l'abbaio del capriolo, voci umane. Allarmata, si concentrò finché molto più in basso, tra le fronde, vide Francesco e Girolamo. Entrambi portavano un fucile. Si acquattò e strisciò fino al larice più vicino, a fianco del quale prendeva velocità il torrentello.

Pensava di attraversare il lariceto di corsa per poi dileguarsi più a valle, si preparò a scattare ma posò un piede su un sasso bagnato e scivolò.

Il bastone cadde in un precipizio di una decina di metri, e per cercare di afferrarlo al volo, Tina si ritrovò anche lei ribaltata e sbalestrata sull'orlo del canalone dove precipitava la cascatella, aggrappata a un masso e sospesa nel vuoto. In un estremo tentativo di risalire, finì per perdere la sacca e il fucile, che caddero nel canalone. Dopodiché cadde anche lei.

Riparandosi la testa tra le mani, capitombolò per qualche metro, poi sbatté, rimbalzò tra sassi e terra bagnata, scivolò sull'erba alta e infine ruzzolò nel ripido versante fino a fermarsi grazie a una macchia di giovani ontàni verdi a pochi metri dalle rapide.

Era stesa tra i fusti duttili dei mughi, con la faccia rivolta all'insù verso la luna. La maglia e i vecchi pantaloni di suo padre erano sbregati in più punti. Aveva male dappertutto, le mani erano escoriate e sporche, le gambe piene di abrasioni e una guancia tagliata e insanguinata.

"Almeno le nuvole nere e il vento sono scomparsi," si disse. Tirò su la testa e si rimise in piedi zoppicando leggermente sul piede destro. Ruotò la caviglia, la massaggiò e la frizionò con l'acqua fredda del ruscello.

"*Un sgòl burt ma pe fortüna nìa de rot.*"

Strinse i denti. Recuperò tutte le sue cose compresa la sacca, che però nel volo si era aperta e vuotata. Dentro erano rimasti la pipa e la busta con le erbe ma niente pentolino e soprattutto niente più cartucce. Si guardò intorno stranita e disorientata. Non era mai stata in quel posto, o perlomeno non lo ricordava. Il dirupo dal quale era scivolata era stato scavato dalle rapide del Ru Fosch che solcavano la roccia vulcanica del Pore. Con il rumore scrosciante del torrente che riempiva l'aria e le impediva di ascoltare gli altri suoni del bosco, Tina diede un rapido sguardo a nord e uno a sud e, nonostante la sua testa fosse ancora scossa e confusa, iniziò a orientarsi. Nemmeno la guerra e i suoi orrori erano riusciti a raggiungere quel posto così nascosto e isolato agli umani.

"È la sommità del Megon de Megojes!"

I vecchi del paese ma anche suo papà dicevano che era un posto pieno di leggende nere, una località inaccessibile sia da sotto che da sopra il Pore, se non per mezzo di un ripido e impervio sentiero in mezzo a un bosco di tassi che più a valle si espandeva in direzione di Larcionèi, e proprio quella era la strada che in quel momento Tina pensò di dover imboccare.

Le tornò in mente Hilde.

"Conosci la storia della Tsicùta?" Le aveva chiesto mentre il fuoco nella stufa crepitava.

"Sì, me l'ha raccontata la mamma tante volte."

"Ma forse non sai dove vive..."

"Questo non lo ricordo... Al Lech de Lagaciò? Sul Nuvolao? Ah no, ora ci sono. Sui Lastoi de Formin, giusto?"

La vecchietta rise senza emettere voce.

"No. La Tsicùta vive sul Megon de Megojes, luogo nascosto sul monte Pore dove un tempo vi erano distese immense di papaveri... Vicino a casa tua!"

"È vero!" esclamò Tina. "Come avevo fatto a dimenticarlo?"

Hilde aggiunse un altro ciocco di faggio nella stufa e subito il fuoco si ravvivò con una vampata. Poi versò dell'altra tisana nelle tazze di entrambe e tornò a sedersi.

"Devi sapere," disse, "che la Tsicùta rappresenta la storia dell'umanità tra natura e magia, poiché senza ritualità e leggende gli esseri umani si indebolirebbero fino a scomparire dal mondo..."

Tina sembrò non capire e inclinò la testa di lato.

"Ecco perché bisogna credere ai miti e alle leggende: perché ci salvano. La Tsicùta vive lì da sempre, da millenni, e sempre ci vivrà."

"Come può una persona vivere così a lungo?" ribatté Tina. "Nessuno è eterno."

"Nessuno è eterno, ma eterno e immortale sono due cose diverse. E la Tsicùta è immortale. Ma proprio qui viene il bello della leggenda, cara Tina."

Lei si fece attenta, questa parte di storia non la conosceva.

"La Tsicùta attraversa le ere e le epoche storiche perché la sua anima passa di generazione in generazione da una donna prescelta a un'altra oppure da un animale selvatico prescelto a un altro... Questo è ciò che i vecchi dei miei vecchi mi hanno raccontato da piccola, sai? E se anche la ragione mi dice il contrario, mi piace credere che sia così."

Tina sorrise, ora si trovava proprio lì, nel luogo esatto di quella antica leggenda.

Pensò che le coincidenze erano davvero troppe.

Una ghiandaia annunciò agli altri animali della foresta la presenza della ragazza.

Sempre più elettrizzata e inquieta, ispezionò guardinga i paraggi. Fu soprattutto una fessura alta e stretta che si incuneava nella roccia dietro la cascata a destare la sua curiosità.

Coi dolori della caduta aggrappati alle sue ossa e ai suoi muscoli, la ragazza si diresse verso quella crepa davanti alla quale l'erba e le ortiche erano molto alti. Col bastone si fece largo finché arrivò all'oscurità dell'ingresso.

"Questa poi!"

Per terra c'erano il teschio di un vecchio cervo con il palco ramificato e qualche altro osso animale. All'interno della piccola grotta, tra i sassi e la terra umida, intravide dei pezzi di legno di larice marciti e ricoperti di muschi. Sembravano i resti di un vecchissimo capanno.

Era legno consumato dall'acqua della cascata che schizzava fin lì, annerito dalle muffe e dal tempo, mangiato dalle termiti e dai tarli.

"Un *tabié da mont* qui?"

16.

Un piede dopo l'altro varcò la fessura nella roccia e con l'aiuto della luce che entrava da fuori ecco che subito lì, per terra, c'era una pelle d'orso lacerata e deteriorata e dei sassolini bianchi e aguzzi semisepolti tra la terra e i resti del legno. Accarezzò il pelo d'orso e fu come se in quel gesto la sua mano fosse attraversata da ere geologiche che iniziavano nella notte dei tempi.

Attratta dal luccichìo dei sassolini si inginocchiò. Spazzò via un po' di terra, sollevò una scandola di larice e capì che quelli che aveva intravisto non erano sassi aguzzi. Spostò l'ultimo pezzo di legno e guardò incredula il suo ritrovamento: una collana fatta con uno spago di canapa grezza nel quale erano stati inanellati dei denti di lupo. Tina si sentì mancare le forze e credette di vivere un sogno. *Quel* sogno. Il suo respiro si fermò di colpo. Uscì di corsa all'aria aperta per riprendere fiato. Una vibrazione le attraversò il corpo. I versi ripetuti della ghiandaia, dei corvi e della poiana insieme ai suoi pensieri frenetici le rimbalzarono nella testa come una pigna che cade da un dirupo roccioso. Aprì gli occhi e davanti a sé vide di nuovo la lupa.

L'ultima lupa delle Dolomiti.

Stava ferma a una ventina di metri dalla grotta e fissava la ragazza in maniera pacifica, per nulla ostile. Tina non la mollò con lo sguardo e l'animale non mollò lei. Fece un passo in avanti, ne fece un secondo e poi un terzo, ma a quel punto con uno scatto rapidissimo la lupa scappò via scomparendo nel bosco verso Larcionèi.

Tina sentì nel cuore il peso di una nuova responsabilità, il carico arduo e gravoso dell'antico richiamo. Fu il rumore improvviso di uno sparo a destarla da quello spaesamento. Un colpo secco e improvviso di fucile che proveniva dal basso, dal bosco di tassi. L'eco dello sparo tuonò e rumoreggiò a lungo, rimbombando tra i boschi e le pareti delle montagne. Tina provò un fremito, un atroce, agghiacciante sesto senso che la fece tremare. Perse l'equilibrio. Gli uccelli si sollevarono allarmati dai rami degli alberi.

Ficcò l'amuleto coi denti di lupo nella sacca, frugò per vedere se le era rimasta almeno una cartuccia, ma niente. Prese il bastone, si mise il fucile scarico sulle spalle e nonostante i dolori alle gambe e alla schiena, scese di corsa verso il bosco di tassi. Non v'era traccia di nessuno, né voci.

Dopo un'estenuante corsa tra una boscaglia fitta e intricata, massi, pendii scoscesi, rivi d'acqua, vecchie ceppaie, doline e antichi sentieri di minatori, Tina giunse al Triòl dei mòrč e da lì, attraverso una grande distesa di prati, scese fino al maso Thaler.

Entrò in casa, recuperò alcune cartucce da un cassetto. Non sapeva quando sarebbe tornata nuovamente in quella casa. Andò un'ultima volta nello *stangòrt* dove sua madre aveva passato gli ultimi mesi di vita. Guardò i muri, la branda, le coperte di lana, il crocifisso appeso alla parete. Tra il forte odore di lana grezza e legno secolare, le parve di sentire anche quello della pelle di sua madre, le dedicò un ultimo saluto, sentiva che stavolta stava partendo davvero. Poi con la coda dell'occhio vide un pezzo di carta spuntare da sotto il materasso. Era una lettera. Una lettera scritta su un foglio strappato dal suo vecchio quaderno di scuola. Si domandò come avesse fatto a non vederla nelle settimane precedenti. La aprì. Ne riconobbe la calligrafia.

"*Oma!...*" esclamò.

Pensò che se non avesse avuto bisogno di quelle cartucce probabilmente non avrebbe mai scoperto quella lettera di Marta.

"*Cara Tina, figlia mia, sangue del mio sangue...*"

In quel momento il cielo si riempì di boati, colpi di fucile e spari fragorosi che rimbombarono per tutta la vallata. Tina sussultò.

Alle esplosioni seguirono grida di giubilo e di festa che provenivano da Larcionèi. Tina ripiegò velocemente la lettera, brandì il fucile e uscì.

Salì sulla collinetta davanti casa, guardò il paese dall'alto e rabbrividì. Negli occhi le balenò una fugace luce azzurra come quella dei *lüm de les püres animës*, i fuochi fatui delle anime morte.

La lupa era immolata nella piazza, la gente già festeggiava.

Tina riconobbe Francesco, portato in trionfo da altri uomini, tra i quali Girolamo e Leopoldo nonché i vecchi Serafino Pallua e Aldo Finazzer.

Tenendo il fucile tra le mani, Tina scese in paese rabbiosa, con il cuore colmo di collera.

Vi arrivò piano, silenziosa e furtiva come un predatore selvatico, coi capelli scarmigliati e la pelle scura dei viandanti e si avvicinò alla piazza finché giunse a pochi passi dai primi compaesani. Provò a caricare l'arma ma non ne ebbe il tempo.

"*La strìa*!" urlò la vedova Dell'Andrea.

Altre donne gridarono e con le mani tra i capelli si dileguarono alla vista della ragazza col fucile puntato verso di loro. Tina avanzò ancora, incedendo verso la piazza, verso Francesco e la lupa barbaramente sventrata nel torace ed esposta in modo macabro.

Nessuno cantava più e il manipolo di gente assembrata sul sagrato della chiesa si aprì lasciandola passare.

"Avevi ragione, Tina," disse Francesco. "Era una cicatrice... Per prenderla è bastato seguirti... Lupi e streghe vanno sempre d'accordo."

"Bastàrd!" disse lei senza bisogno di urlarlo. Puntò il fucile alla testa del suo vecchio compagno, ferma come una vipera al sole, immobile ma pronta a mordere più veloce di una saetta. Nessuno si mosse. Le mamme più giovani portarono via i piccoli in braccio.

"Da una vita mi chiami strega, ma tu sei *fì dl diàol*! Lo siete tutti, qui."

Tina si guardò intorno per un istante e poi tornò a puntare Francesco.

"È tutta la vita che tormenti mio figlio!" gridò la signora Foppa facendosi avanti di due passi. "Cosa vuoi ancora da lui?"

Tina sorrise amaramente, quasi compatendola. "Voglio la lupa! Non chiedo altro che la lupa," e fece cenno col mento all'animale appeso.

Qualcuno si toccò ripetutamente la tempia con un dito per dire che era matta da legare.

Francesco provò a ridere.

"Tu sei pazza..." mormorò la signora Foppa.

"Cosa devi fare, un sabba?" gridò il vecchio Alfreider.

"Sì, è così!" aggiunse Sylvia, abbracciata a Girolamo, col quale ultimamente si intendeva così bene che aveva il pancione.

"Messe diaboliche, magie occulte, vero *strìa*?" esclamò lui.

Il giovane parroco provò a portarsi verso Tina, la quale gli intimò di non fare un passo oltre. Poi disse:

"Quanto alle messe diaboliche e tutte quelle storie, siete voi che le fate tutti i giorni, e nemmeno ve ne rendete conto...".

"Hai bestemmiato!" proruppe il giovane prete.

"E va bene, ho bestemmiato. Ora però lasciatemi prendere la lupa e me ne andrò in pace."

Alle spalle di Francesco spuntarono due carabinieri italiani che da tre settimane a quella parte salivano a Larcionèi tutte le sere per ubriacarsi nell'osteria più nascosta di tutta Fodóm e fare i gradassi coi paesani. Prontamente le puntarono le pistole.

"Metti giù il fucile! Fallo subito o apriamo il fuoco."

Tina vacillò. Nessuno tranne lei sapeva che il suo fucile era scarico e quei due non ci avrebbero pensato due volte a sparare..

"La lupa!" esclamò forte. "Voglio la lupa. Datemela e me ne vado."

I due carabinieri caricarono il grilletto ma Oswald Masarei si frappose tra loro e la ragazza implorando i due militari.

"Non sparate, vi prego!"

La signora Foppa, suo figlio, Alfreider e tutti gli altri si guardarono come se a Masarei avesse dato di volta il cervello.

Lui agitò una stampella per aria e si rivolse prima ai due gendarmi e poi a tutti i compaesani.

"Vuole la lupa? E allora diamogliela, *hostia*! Cosa ve ne fate di un cadavere, eh? Ormai quello che il giovane Foppa voleva ottenere l'ha ottenuto, la taglia sarà sua, ne siamo tutti testimoni. Che senso ha spargere altro sangue, eh?"

I corvi che svolazzavano intorno al paese gracchiarono più forte che mai e iniziarono a posarsi sui prati circostanti. Francesco sputò per terra con sprezzo. Masarei fece un passo in avanti verso i carabinieri e aggiunse:

"Lasciatela fare e tutto si sistemerà. Fidatevi di me. Vero, Katharina?" disse volgendosi alle sue spalle, dove c'era la ragazza.

Lei annuì.

I carabinieri abbassarono le pistole in un movimento quasi sincronizzato.

Tina invece teneva il suo fucile ancora alto, sempre protetta dal corpo di Masarei, e fece due passi verso l'animale. Con il volto illuminato dal fuoco acceso davanti alla chiesa, Tina tirò fuori il coltello dalla sacca, con un colpo secco recise le corde alle quali erano appese le zampe posteriori dell'animale e si caricò la pesante lupa sulle spalle.

Prima di ritirarsi incrociò lo sguardo di tutti, ultimo quello di Francesco. Nei suoi confronti, Tina avrebbe voluto provare ira, accanimento, rancore. Invece provò soltanto pena e commiserazione.

A Masarei dedicò uno sguardo complice, di ringraziamento. L'uomo le sussurrò:

"Vede più lontano un vecchio seduto che un giovane in piedi...".

Tina sorrise, sul suo volto c'era qualcosa di più importante di un "grazie".

"Buona fortuna, ragazza."

Tina fece dieci passi in salita verso il Pore e scomparve nella foresta i cui abeti erano illuminati dai colori caldi del vespro.

La signora Masarei la guardò fino all'ultimo istante e poi gridò:

"Sei sempre stata una *strìa dei mòrč*, che Dio ti maledica!".

17.

Con la lupa irrigidita e sporca di sangue sulle spalle, Tina risalì prima i fitti boschi di abeti, poi i lariceti più in quota e infine l'erta salita che conduceva al bosco di tassi. Cadde diverse volte e altrettante dovette recuperare la lupa che era scivolata lungo i versanti del bosco. Si fermò spesso per riprendere fiato e far riposare le gambe, ma non desistette mai e non si arrese. Quando finalmente raggiunse il Megon de Megòjes era ormai notte, Tina era sfinita, con il corpo che puzzava di morte, selvatico e sudore. Oltre alle escoriazioni e ai lividi causati dalla caduta di qualche ora prima, la sua pelle era macchiata del sangue coagulato e appiccicoso della lupa. Quando raggiunse la piccola grotta si lasciò cadere a terra stremata, accanto al cadavere dell'animale. Poco a poco riprese fiato, mentre una brezza fresca le accarezzava il viso e i capelli. Tina si sentì a casa, finalmente e definitivamente. Poi esaminò il corpo dell'ultima lupa delle Dolomiti. Provò un dolore immenso nel vederla straziata e massacrata in quel modo. Doveva agire in fretta perché mosche e altri insetti sempre più numerosi e molesti cominciavano a riempire l'aria ronzando intorno a lei e al cadavere della predatrice. Dalla borsa prese il coltellaccio e si avvicinò titubante alla bocca dell'animale. Con dei movimenti energici affondò la lama nelle gengive superiori e riuscì a estrarre uno dei lunghi canini, grande come il suo dito anulare. Lo mise in tasca e ripose il coltello nella sacca. Poi andò oltre la cascatella e individuò un punto preciso nella terra molle e fangosa. Si inginocchiò e cominciò a scavare a mani nude.

Si aiutò con delle pietre appuntite e altre piatte, continuò a scavare a fondo finché fu soddisfatta. Sistemò la lupa in posizione fetale e seguì l'antico rito che le aveva insegnato Hilde. Prima coprì la sepoltura di terra e fango fino a livellare il terreno, quindi tappezzò il punto di frasche di larice e due metri più a valle, verso nord, accese un falò, il fuoco del perdono attraverso il cui fumo l'anima della lupa sarebbe salita al cosmo e si sarebbe presa cura dell'energia vitale di Tina.

Nel cielo buio sopra di lei trionfava la luna piena. Il gufo bubolò più volte ma anche l'allocco e la civetta fecero sentire la propria vicinanza. La ragazza si inginocchiò davanti alle fiamme che divampavano e le illuminavano il viso. Non si sentì nella foresta, bensì *la* foresta. Il suo respiro originario, l'essenza della sua vitalità, vita tra le vite, anima tra le molteplici e indistinguibili anime della natura. Si portò davanti alla piccola cascata e si spogliò. Nuda come uno spirito dei boschi si lavò nell'acqua gelida e poi si rivestì. Coi capelli bagnati che oramai le arrivavano alle ginocchia si alzò per andare a recuperare la sacca. Mangiò mirtilli e lamponi, poi masticò delle foglie di tarassaco.

Prese con cura la vecchia collana coi denti di lupo, la maneggiò e la ammirò come un oggetto sacro. Infine con lo spago vi legò anche il dente dell'ultima lupa e la indossò con un brivido di eccitazione. Da ultimo, rovistò nella sacca e, seduta davanti al fuoco sotto la luna piena, iniziò a leggere la lettera di sua madre.

Cara Tina, figlia mia, sangue del mio sangue,

ti scrivo queste poche righe perché ci sono cose che non ho il coraggio di dirti e così facendo verrai a saperle dopo che sarò "andata avanti", come diceva tuo papà.

Quando lui è partito per quella maladeta guera che ha distrutto le nostre vite, io e te avevamo solo due possibilità. O perderci per sempre o ritrovarci. E noi ci siamo ritrovate. Per questo so che il tuo cuore è aperto per ricevere queste mie ultime parole. Per noi Thaler di Larcionèi tutto è cambiato da quella notte dei mòrč durante la quale sei sparita, ma se per papà il giorno in cui ti abbiamo ritrovata il problema era stato risolto, invece per me non è stato così.

Ma non fraintendermi, figlia mia. Dal giorno in cui sei ricomparsa ho subito capito che qualcosa di strano ti era accaduto. Capii tutto da subito e per questo ero scontrosa con te. Non perché non ti amassi ma perché temevo di perderti, Tina!

Che mia madre sia scomparsa un giorno nel bosco senza più fare ritorno te l'ho detto, così come ti ho detto anche che mio padre la picchiava duramente. Un giorno con un coltello la ferì a un occhio, il sinistro, e le lasciò una cicatrice per lungo, da sopra a sotto. Lui faceva il commerciante ambulante di stoffe e stava via da casa anche per settimane. Mia mamma venne a sapere che aveva avuto un figlio da una donna di Daghé, un paese ai piedi del Col di Lana. La donna si chiamava Agata Plank e il bambino venne chiamato Angelo. Angelo Nef. Se però credi che mia madre se ne sia andata per questo ti sbagli. Passava ore e ore nel bosco proprio come te, figlia mia. Come te si incantava, sentiva delle voci che la chiamavano verso la montagna. Il suo comportamento era uguale al tuo quando sei ricomparsa. Ecco perché ti ho detto che ero spaventata, perché ho sempre saputo che ti era successo qualcosa di grande e inspiegabile così come era successo a lei. Tra voi due c'è un legame diretto, un mistero che io non riesco a comprendere, ma che capiscono solo gli spiriti della montagna e i mòrč.

Oh, la mia cara mamma! Ricorderò sempre il giorno in cui la vidi per l'ultima volta mentre si allontanava verso il bosco. Con sé non aveva niente, se non il suo amato fazzoletto rosso legato intorno al collo. Quanto le piaceva, quel fazzoletto. Non lo toglieva mai, gliel'aveva regalato papà quando si erano conosciuti...

Nessuno ha più saputo niente di lei, fino al 1907, tu avevi appena quattro anni. Il suo corpo venne rinvenuto a Livinèl, non distante dal Megon de Megojes, la casa della Tsicùta. Probabilmente morì cadendo da un precipizio.

Alcune persone hanno legami invisibili e profondi come il mistero del mondo, Tina. E tu sei fra queste. Io l'ho capito. Ho capito che il richiamo che sentivi era qualcosa di irrinunciabile e vecchio come la Terra, perché non è come nasci ma come vivi e come muori che rivela a quale popolo appartieni.

Te vol ben,
Oma tüa

18.

Il foglio di carta era intriso del pianto di Tina. Lo posò per terra prima che le lacrime cancellassero tutto l'inchiostro. Ripiegò la lettera e si lasciò cadere sull'erba, come svenuta. Mentre il fuoco della sepoltura ardeva vivace salendo verso le stelle e la luna piena, Tina si distese guardando il cielo, e con le dita della mano destra sfiorò qualcosa di morbido. Spuntava dall'ammasso di pietruzze, *erbe mate e tera mòja*. Sembrava una stoffa.

La sfiorò con una mano e poi la estrasse delicatamente dal suolo, attenta a non rovinarla. Era un fazzoletto da donna, grande e rosso. Liso e scolorito ma ben riconoscibile. Si alzò in piedi di scatto. Lo aprì del tutto e gli scrollò di dosso la polvere e i grumi di terra umida, quindi lo piegò come si usava e lo legò al collo.

Capì di essere indissolubilmente legata allo spirito della nonna, allo spirito selvatico della Tsicùta, a quello del Pore e a quello di Madre Natura.

"Possa il mio cuore tenersi vicino alla terra tutti i giorni della mia vita," pensò.

Adesso era lei l'ultima lupa delle Dolomiti. A lei sarebbe toccato portare avanti il mistero del selvatico.

La sua vita era un lungo, magico sogno fatto di sogni altrui, in cui nessuno aveva la capacità di risvegliarsi.

Con le lacrime agli occhi, si rimise seduta. Si sentì senza forze eppure potente. Ascoltò il verso del gufo e quello di altri rapaci notturni. Sembrava volessero dirle qualcosa, affidarsi a lei. La luna splendeva nel cielo blu della notte e l'aria si fece fredda. Tina avvolse il proprio corpo nella grande pelle d'orso ereditata dallo spirito della montagna, accarezzò il fazzoletto rosso e la collana che portava sul petto. Poi accese la pipa ricurva e si sentì forte, forte come non mai e pronta a tutto.

Lo sguardo rivolto alla luna, la pipa fumante tra le labbra, recitò:

"Io non cerco denaro e non cerco potere. Non cerco le cose del mondo né i sentieri che portano a queste. Non cerco fama, gloria né vanità. Io non cerco uomini e palazzi, non cerco ipocrisie e falsità. Non cerco l'odio né l'amore. Non cerco giustizia se non quella che mi insegna la montagna e non cerco fede se non quella nello spirito della Terra. Non cerco che me. Cerco la verità".

E così, nel buio di quella notte, venne alla luce la vera vita di Tina.

19.

Tina, l'ultima lupa delle Dolomiti, visse a lungo su quelle montagne immense. Il terrore del selvatico, delle lande desolate e del potere dei morti sui vivi non poterono più nulla contro di lei, che pure viveva tra i più profondi misteri della natura, perché questa le offrì la consapevolezza più ampia della vita umana e la convinse che nelle voci degli animali risuonano le voci ammutolite dei tempi antichi, quando ogni cosa sapeva parlare: tutti gli animali e gli alberi e le pietre e ogni elemento sulla Terra. E così parleranno nel giudizio finale.

Negli anni successivi furono molti gli uomini e le donne che andarono in cerca di lei e dei suoi misteri arcaici, ma proprio come gli animali selvatici, Tina non si mostrava, sebbene lei riuscisse a vedere tutti quanti. Le cicatrici della Grande Guerra erano ancora visibili sulle montagne quando gli uomini vi portarono nuove violenze: un'altra guerra, l'occupazione nazista, le Opzioni per scegliere tra cittadinanza italiana e tedesca, le lotte partigiane, la violenta divisione della grande famiglia ladina voluta dal fascismo e molti altri drammi. Tina comprese che era proprio questo il segreto del mondo, che bellezza e dolore viaggiano insieme, ma in opposte direzioni, e che quella forbice esige il sangue di molti innocenti per la grazia di un semplice fiore sui pascoli.

Tina visse sempre lassù, incrociando di tanto in tanto qualcuno a cui riteneva opportuno rivelarsi e offrire bagliori di verità, scendendo solo saltuariamente in qualche villaggio di Fodóm, dove tutti la additavano come strega e ne parlavano male, aggiungendo nuove leggende nere sul suo conto.

In tanti anni però nessuno ebbe mai il coraggio di guardarla negli occhi per il terrore di vedervi riflessa la propria ipocrisia e la propria miseria. Perché nulla è più terribile di scoprire il vuoto vertiginoso che dimora dentro di noi.

Morì il 29 giugno del 1991, la vecchia Katharina Thaler, ma ancora oggi c'è chi si dice convinto di averla avvistata per boschi anche negli anni successivi a tale data, incrociandola per qualche secondo, o chi sostiene di averla vista, da lontano, vagare sulle creste del Pore, ad Antersass, sul Megon, a Livinai e sopra Larcionèi.

Qualcun altro invece afferma che ancora oggi, nei giorni più belli d'autunno, sia possibile scorgere l'ombra della sua sagoma sulla cima della montagna, col suo bastone, il suo fucile e i lunghi capelli bianchi esposti al vento.

Certa è una cosa. Che subito dopo la sua morte fu avvistata per la prima volta una lupa sulle Dolomiti dopo quasi un secolo di totale assenza.

Da allora, poco a poco, i lupi ricomparvero magicamente sulle Dolomiti lasciando le prime tracce della loro nuova presenza, ma i luoghi dove cominciarono a essere avvistati sono proprio le foreste, le alture e i prati intorno al monte Pore.

Ringraziamenti

Il primo sentimento di gratitudine è per Adelina, Maria e Lucia, perché dietro ogni mio libro ci sono anche loro, sempre, come dietro ogni fiore ci sono il sole e la pioggia.

Grazie a Piergiorgio Nicolazzini, a Laura Cerutti e Carlo Buga.

Voglio ringraziare anche l'Istitut Cultural Ladin Cesa de Jan, scrigno di sapienza e cultura ladina.

Un immancabile grazie a Dorch la cui ombra, nei boschi e sui sentieri di montagna, è sempre sovrapposta alla mia.

Vi sono poi alcuni libri che hanno attraversato il mio immaginario nel tempo dell'ideazione e della scrittura de *Il sentiero selvatico*. Miei compagni fedeli:

Cormac McCarthy, *Cavalli selvaggi*
Scott Momaday, *Custode della terra*
Gontran de Poncins, *Kabloona*
Johan Turi, *Vita del lappone*